湖南师范大学外国语言文学学科

湖南师范大学日语系教研丛书

U0660252

闫 秀—编著

万叶和歌十讲

◎ 本书为湖南师范大学日语系国家一流本科专业建设成果。

◎ 本书为2021年湖南省教育厅人文社会科学研究青年项目『中国先唐文学对日本万叶集的影响研究』（项目编号：21B0086）的研究成果之一。

湖南师范大学出版社

·长沙·

图书在版编目（CIP）数据

万叶和歌十讲／闫秀编著. --长沙：湖南师范大学出版社，2024.3
ISBN 978 - 7 - 5648 - 5225 - 2

Ⅰ.①万… Ⅱ.①闫… Ⅲ.①和歌—诗集—日本—古代—汉、日 Ⅳ.①
I313. 22

中国国家版本馆 CIP 数据核字（2024）第 024124 号

万叶和歌十讲

Wanye Hege Shijiang

闫　秀　编著

◇出 版 人：吴真文
◇策划组稿：李　阳
◇责任编辑：李永芳　李　阳
◇责任校对：张晓芳
◇出版发行：湖南师范大学出版社
　　　　　　地址/长沙市岳麓区　邮编/410081
　　　　　　电话/0731 - 88873071　0731 - 88873070　0731 - 88872256
　　　　　　网址/https：//press. hunnu. edu. cn
◇经销：新华书店
◇印刷：长沙市宏发印刷有限公司
◇开本：710 mm×1000 mm　1/16
◇印张：11. 25
◇字数：200 千字
◇版次：2024 年 3 月第 1 版
◇印次：2024 年 3 月第 1 次印刷
◇书号：ISBN 978 - 7 - 5648 - 5225 - 2
◇定价：59. 00 元

序

　　值"湖南师范大学日语系教研丛书"付梓之际，谨对本专业的历史以及该丛书的问世过程作一简单说明。

　　湖南师范大学日语系创建于1993年，1994年开始招收日语专业专科生，1998年改招日语专业本科生。2001年在"外国语言学与应用语言学"学位点招收日语专业硕士研究生，2005年获得日语语言文学硕士学位授予权。2013年依托"外国语言学与应用语言学"博士点，开始招收日语语言文学方向博士生，2019年增设翻译学（日语）专业硕士学位点，并在"国别与区域研究"二级学科招收"日本学"方向博士研究生。

　　三十年来，日语系以"培养日语人才、促进中日交流、传播中华文明"为己任，大力开展学科专业和师资队伍的建设，积极进行外语教学改革研究和人文社会科学研究，为国家尤其是湖南省的经济建设和社会发展培养了大批优秀的外语人才。当前，日语系已形成日本历史文化、日语语言文学、中日互译等多个稳定的教研方向，尤其是在明清东亚文化交流、湖南与日本的关系、池田大作的思想、日本人的身份建构、日语教学理论与实践等方面形成了办学特色和优势。

　　本人于2019年9月加盟湖南师范大学日语系，2021年3月9日担任系主任。在3月12日晚上召开的线上全系教师会议上，本人首次提出了出版本丛书的设想，并设定"十讲"作为丛书名的关键词，这主要考虑的是丛书的风格统一和篇章内容的协调问题。之前曾对该计划是否要实施有过迟疑，原因主要是担心如果大家的参与度不高的话，会造成独木难以成林之窘境。不料设想公布后，竟得到了全系老师的一致支持，短时间内就报了八个选题，涉及教材、教辅、研究等方面的内容。作者署名方式有独著、合著、编著、主编等。在学院领导的鼎力支持下，尤其是在分管领导蒋莉华副院长、司徒皓副院长等人的

努力下，书稿最终由湖南师范大学出版社（国家一级出版社、全国百佳图书出版单位）出版。至此，本丛书的出版事宜尘埃落定，进入了首批书目的排版、校稿阶段。

2022年6月7日，在教育部公布的2021年度国家级一流本科专业建设点名单中，湖南师范大学外国语学院日语系获批国家级一流本科专业建设点。这个结果对于一个创办将近三十年的专业来说，既是至上的肯定与鼓励，同时也是一种鞭策和考验。常言道"三十而立"，单就"立"而言，湖南师范大学的日语专业可谓已然倬立，但如何立得更加长远、立得更为强大、立得更具特色，这是摆在我们面前的一个更为艰巨的任务。首要的任务是未来三年如何根据国家相关要求进一步建设好本专业，从而达标乃至争优。这当然需要学校、学院的大力支持，更需要湖南师范大学日语系全体同仁的群策群力，勠力同心。

毫不夸张地说，对参评国家一流本科专业我们做好了充分准备，我们有信心，但也有些忐忑。信心来自强大的学科支撑和几十年的专业内涵积累，忐忑的是要面对几乎白热化的竞争。当时这套丛书的设想初衷，最主要也是瞄准国家一流本科专业的建设。现在看来，本丛书作为湖南师范大学日语系建设国家一流本科专业的首个成果是当之无愧的。在此，要感谢日语系各位作者的辛勤付出，感谢外国语学院的大力支持，感谢出版社的细致工作。

本丛书具有开放性，首批五本先行出版，以后成熟一本出一本，一是向学界展示我们湖南师范大学日语系教师的教研风采，二是不断提高我们专业团队的教研水平。借此，也敬请同行方家批评指正。

谨以此说明权当丛书之序。

陈小法

2022年6月于湖南师范大学中和楼

前言

　　和歌作为日本民族独有的诗歌，是日本文学的重要形式之一。《万叶集》是日本现存最古老的和歌总集，享有"日本之《诗经》"的美誉。它不仅反映了日本和歌、文学的发展历程，还记述了古代日本在中国文化影响下迅速发展的社会文化史，是记录古代日本风土人情、思想感情的集大成者，是一幅现实主义的历史画卷。《万叶集》的全译本作者杨烈先生曾称"《万叶集》这部歌集，是一份我们尽可欣赏的文化遗产"。

　　万叶和歌可谓日本文学的源头，不仅是日本人的心灵故乡，亦是日本文学的瑰宝。《万叶集》全20卷，收录了629年至759年间的4516首和歌以及部分汉诗，构建了一个浩如烟海的和歌世界。这130年是和歌发展的黄金时期，在日本文学史上被称为"万叶世纪"。

　　通过对万叶和歌的学习，我们可以纵览古代日本的风土人情以及和歌发展史，可以研析日本文学在形成之初对中国文学和中国文化的接受心态、研究方法，以及中日文学与文化交流、融合的渊源。但因其卷帙浩繁、用词晦涩，初学者研读有一定难度。编者在和歌文学的教学与研究过程中，深感日语学习者需要一本文学性较强、内容浅显易懂的入门级实用教材。基于这种思路，作者在编写过程中，一方面深入浅出地介绍相关理论知识，另一方面注重收集经典和歌以及名家注释，侧重于对和歌的赏析以及相关文化背景的介绍。因此，这本教材不仅适用于日语的进阶学习者，也可供一般日语学习者以及日本诗歌爱好者学习和参考。

　　本书是日本和歌文学的入门级教材，旨在全方位地介绍万叶和歌。第一讲简述《万叶集》诞生的历史背景以及和歌相关基础知识。第二至五讲分别剖析万叶四个时期的时代特点及代表性歌人、歌作。第六至八讲从杂歌、相闻、挽歌这三大分类来赏析经典和歌。第九、十讲通过和歌讲述了万叶时代的民俗以及人们的信仰。

本教材主要依据《新日本古典文学大系》《万叶集注释》《万叶集全歌讲义》《万叶集释注》等日本近世以来的注释书编写而成。每首和歌按照原文、译文、赏析、文化背景的顺序加以阐述。因《万叶集》是用汉字写就，所以本书引用的原文是现代日语训读，以便读者理解。和歌序号参照日本"国歌大观"编号，例如：（1·1）表示卷1第1首和歌。此外，诗歌的翻译通常都很难保留原诗原汁原味的民族艺术特性，尤其很难重现抽象的音乐要素。对其音数、枕词、叠句、对句、缘语、挂词等独特的表现手法，和歌翻译往往无法找到贴切准确的对应词语。如何精确表现万叶歌人的情感，并使其为中国读者所理解，中国的翻译家进行了艰苦的摸索。目前国内的几个译本皆兼符合"信达雅"三原则的要求，且各有千秋。考虑到译文的全面性以及对内容准确平和的侧重，本书中的中文翻译大都引用杨烈先生的《万叶集》全译本。本教材的特点在于语言生动，浅显易懂，雅俗共赏。

在教材撰写过程中，编者引用、参考、融合了国内外研究者的部分研究成果，在此向这些研究者谨致诚挚的谢意。在策划、编选、出版的过程中得到湖南师范大学出版社编辑部李阳博士、日语系主任陈小法教授等各位领导和编辑的大力支持和帮助，在此谨致以衷心的感谢。鉴于编者水平有限，书中不足之处敬请专家学者与广大读者批评、指正。

闫秀
2022 年 6 月于湖南师范大学

|目 录|

第一讲
《万叶集》概述

一 万叶和歌论

《万叶集》是日本现存最古老的和歌总集，享有"日本之《诗经》"的美誉。它不仅代表着日本人的心灵故乡，亦是日本文学的瑰宝。《万叶集》全20卷，收录了629年至759年间的4516首和歌以及20首汉诗，实际作品总数量高达4536首，形成浩繁巨大的和歌世界，呈现出一个纯粹的古代世界。

《万叶集》作为日本文学的源流，不仅是一部重要的古代和歌集、文学发展史，也是一部记述古代日本在发达的唐文化影响下迅速发展的社会文化史，其中包括宗教史、民俗史及文字史等，是日本古代人情风俗、思想感情的集大成之作，是现实主义的一幅历史画卷。《万叶集》的全译本作者杨烈先生曾赞誉"《万叶集》这部歌集，是一份我们尽可欣赏的文化遗产"。品读万叶和歌，使我们接触到无数纯真善良的灵魂，得到高尚的艺术享受。

1. 名义

关于《万叶集》这一书名的意义众说纷纭。主流观点分为以下3种：一是将"叶"作为"言叶"（词语之意）解释的说法（仙觉），或者将"万叶"二字解释为比喻众多诗歌的说法（冈田正之）；二是将"叶"作为"世代"（日

1

语中"叶"与"代"同音）之意（契冲），即流传至万代、万世的说法；三是前两种说法的折中说。目前，学界普遍认可的定论是：所谓《万叶集》，即广泛收录贯通古今的和歌之集，有祝福其万世流传之意。

2. 作者

《万叶集》的作者包括社会各个阶层，上自王孙贵族、公卿宦官，下至士兵游女、农樵渔猎、僧侣尼姑等等。民众诗歌的丰富印证了诗集的博大深广，赋予了这个诗集鲜活的生命力与清新的气息，这是后代的诗集无法比拟的。

3. 时代划分与歌风的变迁

日本学界根据历史背景、主要歌人的活动时期、作品特点等因素，把万叶时代分为以下四期。

第一期——和歌的诞生（629—672）

第二期——人麻吕时代（672—710）

第三期——律令制安定期的和歌（710—733）

第四期——万叶和歌史的终结（733—759）

第一期：歌谣的萌芽时期，传诵歌色彩浓厚，内容具有显著的人事性，作者多难以考证。

第一期的歌风特点主要是由歌谣向定型歌的转变。歌人大量地运用了歌谣手法，但和歌已不再带有歌谣式的粗犷韵味，而是产生了带有节奏感的表现效果。内容上，一方面继承歌谣的传统，歌颂国家事件及人物，人事性倾向强烈；另一方面也开始关注于自然，如额田王"春秋相争歌"，虽然质朴，但是饶有情趣地捕捉了自然风物的特点。这一期的和歌流溢着清新古朴的气息。

第二期：在圣武天皇强有力的领导下，皇室统治和新律令国家的确立得以推进。这一时期和歌数量增加，以柿本人麻吕为代表的宫廷歌人崭露头角，使得和歌有了长足的发展。被后世誉为歌圣的柿本人麻吕对枕词、序词、对句、反复等技巧运用娴熟。他的诗句辞藻华美而流利，感情真挚，富有气势。在本期，长歌由柿本人麻吕完成了形式上的统一，以五七七的范式收尾。《万叶集》中最长的和歌由柿本所作。这首庞大的和歌一气呵成，直抒胸臆，堪称壮观。

此外，吟咏自然的和歌也备受瞩目。高市黑人被称为叙景歌人之祖。这一期长短歌的发展都达鼎盛，和歌从内容到形式渐趋成熟，歌风在保持了第一期的清冽和强劲的同时，增加了厚重和寂寥感。

第三期：日本迁都奈良以后，国力增强，使得歌人辈出，和歌成就辉煌，形成了"京洛歌坛""筑紫歌坛"平分秋色的格局。这一时期，和歌创作题材更加广泛，风格多样，技巧洗练圆熟。由于受到儒教、道教、佛教的影响，思想性更加沉厚浓重。代表性歌人有以书写山川自然美见长的山部赤人，有标志风雅、排遣哀怨的大伴旅人，有哀叹人生艰辛的山上忆良，也有长于抒写传说故事的高桥虫麻吕等。

第四期：相当于奈良中期，天平文化绚烂繁荣，圣武天皇下诏营造了东大寺，举行了大佛开光仪式。这是一个辉煌的年代，但是上层社会的政权争夺也愈演愈烈，因此这也是一个动荡的时代。本期的歌人们在受到辉煌的文化之风熏陶的同时，也深感到阴暗政治的重压，神经纤细而敏锐。这种纤细美正是都市文化成熟的产物，是这一时期歌风的特色。大伴家持作为本期代表，将自然之景和纤细之情交融辉映，开辟了前人未至的独特境地。此外，防人歌大体上都是第四期所作，与其他诗歌相比有着一目了然的特色。它们作为民众的诗歌有着共通的性质，这里有着泥土的香气、潮水的气息、生活的味道，是诗集中一道靓丽的风景线。

4. 歌体与分类

歌体分为长歌、短歌、旋头歌3种，都是五音节和七音节轮流进行。长歌是五七五七的循环，长度不限，最后加一个七音节。短歌有两种，独立的和附在长歌后面的反歌，一般都是31音节，五七五七七。旋头歌则是五七七五七七形式。

《万叶集》的作品主要分为3类：杂歌、相闻、挽歌。分类名称来自中国的《文选》。挽歌主要包含哀悼亡者的和歌，也有诗人临终之作和后人追忆之作。相闻则是歌人间互道衷肠的抒情和歌，包括亲子、兄弟、友人、夫妇、恋人、君臣等各种关系。当然最主要的还是男女赠答的恋歌。相闻更加细分为正述心绪、寄物陈思、譬喻歌，相当于明喻、隐喻、暗喻。杂歌则是其他无法列

入以上两种之内的、形形色色的诗歌，范围广泛，包括四季风物、行幸游宴、狩猎旅行、缅怀京城等题材。除了以上分类之外，还有问答、悲别等项，以及地方色彩浓厚的东歌。杂歌、相闻、挽歌的排列并非井然有序地贯穿全卷，甚至部分卷完全不加分类，如卷15、卷17～20，这种紊乱表明了《万叶集》是以未定稿的形式流传下来的，其诸卷分类情况如表1–1。

表1–1 《万叶集》的诸卷分类

卷 1	杂歌
卷 2	相闻、挽歌
卷 3	杂歌、譬喻歌、挽歌
卷 4	相闻
卷 5	杂歌
卷 6	杂歌
卷 7	杂歌、譬喻歌、挽歌
卷 8	春杂歌、春相闻、夏杂歌、夏相闻、秋杂歌、秋相闻、冬杂歌、冬相闻
卷 9	杂歌、相闻、挽歌
卷 10	春杂歌、春相闻、夏杂歌、夏相闻、秋杂歌、秋相闻、冬杂歌、冬相闻
卷 11	古今相闻往来歌（旋头歌、正述心绪、寄物陈思、问答歌）
卷 12	古今相闻往来歌（正述心绪、寄物陈思、问答歌、羁旅发思歌、悲别歌）
卷 13	杂歌、相闻、问答歌、譬喻歌、挽歌
卷 14	东歌
卷 15	遣新罗使人歌、中臣宅守与狭野弟上娘子的赠答歌
卷 16	有由缘杂歌、传说歌、戏笑歌
卷 17	大伴家持的歌日记
卷 18	大伴家持的歌日记
卷 19	大伴家持的歌日记
卷 20	大伴家持的歌日记、防人歌

5. 文字与表记

（1）万叶假名

日本的文字从古借自中国，所以日本最早的书籍是用汉文写就。例如，日本最早的史书《古事记》《日本书纪》（成书八世纪初），全部用汉文书写。在《万叶集》中，日本开始借用汉字做音标，汉字与其意义无关，只是借用汉字来标记日语的发音。这种独特的表记法最早在《万叶集》中出现，因此被称为万叶假名。例如：

山上臣憶良の大唐に在りし時に、本郷を憶ひて作りし歌

（万叶假名表记）去來子等　早日本辺　大伴乃　御津乃浜松　待恋奴良武

（现代日语训读）いざ子ども　早く大和へ　大伴の　御津の浜松　待ち恋ひぬらむ（1・63）

在现存的平安时代《万叶集》古写本当中，《元历校本万叶集》与"桂本""蓝纸本""金泽本"和"天治本"被誉为"五大万叶集"。图1-1是《蓝纸本万叶集》中万叶假名的书写。

图1-1　万叶假名

（2）戏训（戲書）

这是上代文献中常见的用字法之一，尤其在《万叶集》中出现较多。其为

义训的一种，尤指使用者心怀玩耍之意图或技巧书写的文字。如把"くく"（日语中九的发音是く）写作"八十一"。这种被公认的"戏训"拐弯抹角，好比猜谜，是一种文字游戏。

下面一首和歌中运用了最具代表性的戏书技巧。

原文：垂乳根之　母我養蚕乃　眉隠　馬声蜂音石花蜘蛛荒鹿　異母二不相而　（12・2991）

译文：阿母养蚕时，并将蚕茧隐，忧悒隐心中，与妹难亲近。（12・2991）

赏析："馬声蜂音石花蜘蛛荒鹿"这一句的用字十分风趣。万叶时代，人们认为马的嘶鸣是"咿咿"，所以使用了"馬声"表示文字"い"（假名读音为"咿"。）蜜蜂的振翅声听起来为"嗬嗬"，所以用"蜂音"表示"ぶ"，这两句都使用了拟声词的用法。"石花"这一表记来源于甲壳类动物"龟足"（日语称"せ"），龟足常群生于海岸石礁，貌似开在岩石上的花，因此"せ"用字为"石花"。最后一联的"異母"两字读作"いも"，表示恋人，这两个字意味着恋人是同父异母的妹妹。《万叶集全注释》中指出当时的伦理习俗为"可以与同父异母的妹妹结婚"。

6. 题词与左注

有一千个读者就有一千个哈姆雷特。因此，日本学者中野好夫氏曾提出"短歌的不稳定性"这一论点，认为在短歌中，作者的意图未必与读者的理解一致。如果不了解作歌的背景，对作品的理解就会存在不稳定性，这也意味着诗歌的意思上存在暧昧性与多义性。为了使后人更深刻地理解作品，《万叶集》的编纂者在和歌中增添了题词，说明了作歌的场合和背景。

题词的作用是最小限度地提示作诗的时间、场所、人物等背景。结合题词解读和歌，会对作品有更深刻的理解与认知。最具有代表性的是卷二有间皇子的这组和歌。

原文：（题词）有間皇子の自ら傷みて松が枝を結びし歌二首

　　　　岩代の　浜松が枝を　引き結び　ま幸くあらば　またかへり見む（2・141）

译文：有间皇子自伤结松枝歌两首

　　　　磐代有青松，结枝聊贡献，幸能遇赦还，与汝重相见。（2・141）

原文：家にあれば　笥に盛る飯を　草まくら　旅にしあれば　椎の葉に盛る（2·142）

译文：家中多竹器，盛饭敬神明，行旅唯椎树，勉将椎叶盛。（2·142）

赏析：如果只看到和歌本身，会觉得这是一组描述旅途艰辛的和歌。题词中交代了作者与作诗心情，结合史料，了解到这是有间皇子在临刑前所作。那么，重新品读这组临终诗歌，联想到皇子即将辞世的悲哀与无奈，会有潸然泪下的感觉。

文化：有间皇子于齐明天皇四年（658）谋反。谋泄被召，途经磐代结松枝祈神保佑。后被诛杀。在卷7、卷10中，出现了"咏天""咏月""咏花"等题词，这显示了《万叶集》的编撰者已经有了题咏的观念。

有时仅有题词读者还是不能彻底地理解某些和歌的歌意，还需要了解历史背景。因此，编纂者常会以"左注"的形式加以补充说明。例如，图1-2第3816首左注原文为"右歌一首、穂積親王、宴飲之日、酒酣之時、好誦斯歌、以為恒賞也"。作歌信息一目了然。

原文：穂積親王御歌一首

家尓有之　櫃尓鏁刺　蔵而師　恋乃奴之　束見懸而（16·3816）

右歌一首、穂積親王、宴飲之日、酒酣之時、好誦斯歌、以為恒賞也（左注）

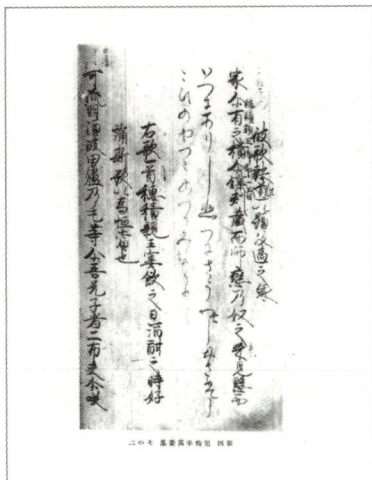

图1-2　左注

7.修辞手法：枕词、序词、挂词

（1）枕词

"枕词"是和歌中特有的修饰语，亦称"冠辞"。不同枕词与特定的被修饰语发生联系，起着丰富联想及调整音调的作用。

枕词置于特定的词语之前，这特定的词语，便称为"被枕"。枕词与被枕的关系概有以下数种：

①用典者，枕词"天降りつく"修饰被枕"香具山"，乃出传说天降香具山；

②谐音者，如枕词"梓弓"修饰被枕"春"，日语"春"读若"はる"（haru），恰与"张弓"之"张"音同；

③联意者，如枕词"天離る"修饰被枕"鄙"，谓边鄙去天之远；

④譬喻者，如枕词"五月蝿なす"修饰被枕"騒く"，比作夏蝇聒耳。

二者之间虽有音义上的联系，但对歌意来讲不一定有影响，冠首的枕词驯成套语，连带出现而已。例如："あしひきの"一般修饰"山"，"たらちねの"修饰"母亲"，"ひさかたの"修饰"天、光"等。

（2）序词与挂词

序词是指使用比喻、同音词等，从声音和印象的联想中导出关键词，提高表现效果，与枕词起相似作用。枕词一般是定型化的句子，相较而言，序词没有音数限制，引导词的接续方法也很自由。

挂词是用同音同时表达不同意思的修辞法。下面一首和歌同时使用了两种修辞技巧。

原文：我妹子に　衣春日の　宜寸川　よしもあらぬか　妹が目を見む（12・3011）

译文：借衣吾妹子，春日宜寸河，妹有明眸在，无缘一见么。（12・3011）

赏析："我妹子"是指我的恋人。把衣服借给恋人是指共度一夜的意思，其中，"かす（借出）"亦指"春日"，二者发音相同，从而引出流经春日山的宜寸川。而且，宜寸川读音为"よし"，为了引出下文同音词的"缘"，是不是没有和恋人见面的缘分呢。作者同时运用序词与挂词来进行语言游戏，体现了万叶人特有的幽默感。

二　《万叶集》与中国文学

1. 《万叶集》诞生的历史背景

日本的上代文学是在与东亚各国的交流融合中形成的，《万叶集》更是在吸收中国文学的基础上发展起来的。《万叶集》诞生于 8 世纪初叶。当时的倭国以唐朝为典范制定了律令制度，成立律令国家，模仿长安、洛阳的城市规划，建设了藤原京，并将国名"倭"改"日本"。所谓律令国家，就是依据大宝、养老等律令（即法典），而建立起的皇室拥有绝对权力的国家。为对外彰显皇室的正统性、向内宣示皇权的威武，日本政府下令编纂史书《日本书纪》、地方志《风土记》，以及文学歌集《万叶集》。

万叶时代是日本历史上最为动荡的时期之一。其时间跨度从倭五王与大陆交往开始、与朝鲜的交涉、佛教传入，到圣德太子摄政、苏我氏的强盛，再到大化革新、壬申之乱，最后到律令国家的建立和发展。日本社会经历了从奴隶制向封建制过渡的阵痛，最终建立起天皇专制统治国家。《万叶集》正是这个时期的社会生活的真实写照。它不仅生动描绘了当时波涛汹涌的历史洪流，还如实记录了挣扎在洪流中的民众呼声。民众或随波沉浮，或拼命抗拒，或消极避世。无论何种形式，我们都可以感受到这一时代所独有的一种力量，从而受到启发、引人深思。这种能量与其他时代的日本文学相比较尤为明显。当时诗歌还是一种年轻的形式。即使作歌技巧尚不娴熟，但诗人们背负着时代的使命，率直地道出了当下的感动，让我们感受到万叶时代的博大深广。下面我们将介绍几首中国文学色彩浓厚的和歌。

2. 年号与中国典籍

日本自明治维新（1868 年）起采用"一世一元"制，就是一代天皇用一个年号的制度。表 1-2 汇总了近代天皇年号出典。

表1-2　年号出典

序号	年号	出典
1	明治	《易经·说卦传》："圣人南面而听天下，向明而治。"
2	大正	《易经·象传·临卦》："大亨以正，天之道也。"
3	昭和	《书经·尧典》："百姓昭明，协和万邦。"
4	平成	《书经·大禹谟》："地平天成。"《史记·五帝本纪》："内平外成。"
5	令和	《万叶集·梅花歌序》："初春令月，气淑风和。"

上表可见，明治、大正、昭和、平成均明确出自中国典籍。2019 年 4 月 1日，日本公布了新年号"令和"，是日本第 126 代德仁天皇的年号。这是首次日本没有从中国典籍中选取，而是取自本国典籍《万叶集》。但是，随着年号的披露，立刻引起学界的关注，很多学者梳理了卷五《梅花歌序》与中国六朝和初唐诗文的渊源关系。

译文：梅花歌三十二首并序

天平二年正月十三日，萃于帅老之宅，申宴会也。于时，初春令月，气淑风和，梅披镜前之粉，兰薰珮后之香。加以，曙岭移云，松挂罗而倾盖；夕岫结雾，鸟封縠而迷林。庭舞新蝶，空归故雁。于是，盖天坐地，促膝飞觞，忘言一室之里，开衿烟霞之外，淡然自放，快然自足。若非翰苑，何以摅情？请纪落梅之篇，古今夫何异矣。宜赋园梅，聊成短咏。（5·815—846）

赏析：序为汉文，作者有大伴旅人说、山上忆良说、某官人说等等。最具有代表性的是大伴旅人说。大伴旅人是万叶时代接受中国文学的代表人物。"请纪落梅之篇，古今夫何异矣"，"古"具体指古乐府《梅花落》，与眼前大伴旅人家庭院中盛开的梅花（"今"）形成比照，歌人们一边遥想中国文人的风雅，一边观赏眼前的美景，饮酒赋诗，其乐融融。

这篇序文采用当时宫廷流行的中国六朝的四六骈俪体，流畅对称。学者马骏教授在《日本新年号"令和"考》中提到，学界有关《梅花歌序》与中国文学源流关系的比较研究成果主要体现在三个方面：源自六朝诗文的影响、源自《兰亭集序》的影响、源自"初唐四杰"诗序诗句的影响。其中，张衡《归田赋》"仲春令月，时和气清"可视作"令和"最为贴切的典源。其依据有二：

一是二者表达词语和句式极为近似；二是其出自奈良文人作为基本文学素养的《文选》。《梅花歌序》对中国文学的融摄是日本上古文学与中国古代文学交流的一个缩影。

文化：举办梅花歌宴的太宰府（亦作大宰府），是 7 世纪后半叶设置在九州筑前国（今福冈县太宰府市）的地方行政机关，在防务、外交和人际交流诸方面，起着连接日本与中国、朝鲜半岛的纽带作用，是传播唐代先进文化的集散地，是奈良时代连接东亚文化交流的一座桥梁。大伴旅人作为太宰府的最高行政长官，在此与下属山上忆良（660—733）历史性地邂逅。从相遇到相知，两人互相切磋和歌技艺，共同探讨如何借鉴汉诗文来表达歌人的思想情感，并最终形成了万叶时代独一无二的"筑紫歌坛"，在和歌文学的发展史上，留下了大量充满中国文学表达元素的不朽篇章。

万叶和歌当中，出现最多的植物是胡枝子。其次是梅花，约 118 首。梅花多于樱花和百合，这是因为梅花作为外来植物，是当时文人墨客关注的焦点。文人墨客眼中的梅花是一种珍贵高雅的植物，充满异国情调，受到贵族们的追捧，体现出一种心仪中国文化的心态。梅花甚至被用于祭神仪式的装饰，官人用梅花来象征雅致的生活。相比于梅花之文雅，樱花和百合就显得比较质朴。

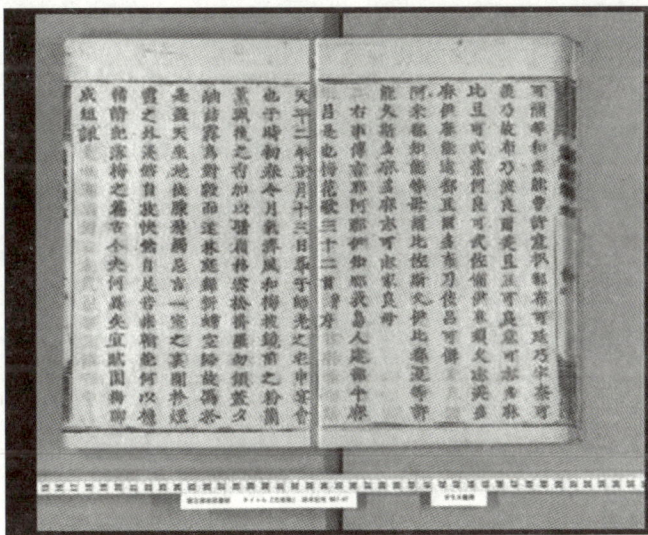

图 1-3 "令和"的出典

3.《游仙窟》

《游仙窟》是唐代传奇小说，作者是张文成。小说采用自叙体的形式，描写作者探访神仙窟，邂逅两女子，与十娘诗酒调情，宴饮歌舞，一夜风流的艳遇之事。文章生动活泼，文辞华艳浅俗。

《游仙窟》传入日本后最早的文献记载是《万叶集》中著名歌人山上忆良临终前所作的《沈痾自哀文》（5·897）。原文记载"遊仙窟に曰く、「九泉の下の人は、一錢にだに直らず」と。"（《游仙窟》曰，九泉下人，一钱不值。）此文作于圣武天皇天平五年（733），可知《游仙窟》最晚在733年已传入日本。

山上忆良于文武天皇大宝元年(701)，随遣唐使粟田真人遣唐，任少录。在中国生活3年，研习汉学。因此，学界推测该典籍是由忆良渡来的。

《游仙窟》深受日本文人的喜爱，其地位可以从山上忆良引用的其他典籍窥见。山田孝雄在为醍醐寺本《游仙窟》所作解题中云"在忆良的文中，也引用得有孔子的话，佛经的话，《抱朴子》《帛公略说》等，可见当时已把此书和经子为伍。"

下面介绍日本文人对《游仙窟》的模仿与创作。

游松浦河赠答歌二首并序

余以暂住松浦之县逍遥，聊临玉岛之潭游览，忽值钓鱼女子等也。花容无双，光仪无匹。开柳叶于眉中，发桃花于颊上。意气凌云，风流绝世。仆问曰，谁乡谁家儿等，若疑神仙者乎。娘等皆笑答曰，儿等者，渔夫之舍儿，草庵之微者，无乡无家，何足称云，唯性便水，复心乐山。或临洛浦，而徒羡王鱼，乍卧巫峡，以空望烟霞。今以邂逅，相遇贵客，不胜感应，辄陈欵曲。而今而后，岂可非偕老哉。下官对曰，唯唯，敬奉芳命。于时日落山西，骊马将去。遂身怀抱，因赠咏歌曰。

游松浦河赠歌

原文：あさりする　漁夫の子どもと　人は言へど　見るに知らえぬ　うま人の子と（5·853）

译文：人道水边儿，谋生垂钓里，谁知见面时，乃是良家子。（5·853）

游松浦河答歌

原文：答へし詩に曰く

玉島の　この川上に　家はあれど　君をやさしみ　表さずありき
（5・854）

译文： 答歌曰

玉岛今川上，儿家在上头，恐君蒙耻辱，不愿使君留。（5・854）

赏析： 这首《游松浦河序》是仿照《游仙窟》所创造的虚构性作品。《游仙窟》中官人于仙洞中邂逅美女，一夜风流。而该《序》中是将玉岛之潭视为仙境，仙女在此垂钓鲶鱼。将原本渔夫之女喻为神仙之女，表现了其花容月貌，并以小说的形式描述了对女子们的爱慕。不同之处在于后续的赠答歌中，止于二者之间的求爱，没有描绘爱的达成，给读者留有余韵。

大伴家持的仿作

原文： 更に大伴宿祢家持の、坂上大嬢に贈りし歌十五首

夢の逢ひは　苦しかりけり　おどろきて　掻き探れども　手にも触れ
ねば（4・741）

译文： 梦里相逢事，终归是苦辛，醒来探索遍，触手竟无人。（4・741）

赏析： 《游仙窟》云"少时坐睡则梦见十娘，惊觉揽之，忽然空手"。大伴家持的这一首无论构思还是用词皆出自《游仙窟》。

4. 诗赋入歌

卷17中收录了大伴家持著名的"越中三赋"，体现了对"诗赋"文体的积极接受。

「二上山賦一首」（17・3985-3990）

「布勢の水海に遊覽せる賦一首並せて短歌」（17・3991-3992）

「立山賦」（17・4000-4002）

此外，大伴池主针对此三赋以赋赠答，分别为：

「敬和遊覽布勢水海賦一首並一絶」（17・3993-3994）

「敬和立山賦一首並二絶」（17・4003-4005）

文化： 赋是中国古典文学的一种重要文体，《文心雕龙・诠赋》说："赋者，铺也；铺采摛文，体物写志也。"铺采摛文，指赋的形貌；体物写志，指赋的内容。敷陈其事，状物写志。大伴家持与大伴池主以"赋"命名长歌、以

"绝"称短歌，无疑是模仿中国的文体。此外，"游览赋"则参照了六朝游览诗赋的理念与写作方式，尤其是以谢灵运为代表的"在徜徉美景中与友人畅谈惬意人生"这一交友理念。日本文学中"游览""赋"这两个概念都是在平安朝的汉诗文中确立的，而家持的"游览赋"歌群可谓中国诗学日本化之雏形。

思考题

1. 《万叶集》书名的意义是什么？
2. 万叶和歌分为哪几大类？
3. 什么是万叶假名？

和歌的诞生——第一期（629—672）

　　和歌始于舒明朝。舒明朝之前是推古朝。推古朝（592—628）以圣德太子的大化改新而闻名。大化改新，又作大化革新，是645年发生的古代日本政治变革，是日本历史上与明治维新相提并论的重大事件，也是日本历史上的一次巨大变革。593年4月，圣德太子被立为皇太子，总摄国家大政。他掌权后汲取中国的思想文化，实行政治改革，主要包括与中国通交、派遣遣隋使、制定冠位十二级、颁布宪法十七条等，以期推进国家的近代化，成立古代中央集权国家。宪法十七条吸收了中国诸子百家和佛教思想，是官僚、贵族的道德戒条。

　　关于日本的遣使次数，目前仍是学术界不断争论的一个问题，尚无定论。金金花在《日本遣隋使来华次数探究》一文中指出："在遣隋使的研究中，对其来华年次说法不一，传统意义上有着两种说法，一种是以日本学者木宫泰彦为代表的三次说，另一种是藤加礼之助等提出的四次说。传统的三次说和四次说分歧主要是在遣隋使的开端问题上，日本第一次遣使到隋为600年还是607年。"

　　王勇根据史料记载指出"《日本书纪》推古十五年（607）条云：'秋七月戊申朔庚戌，大礼小野臣妹子遣于大唐，以鞍作福利为通事。'此次遣使亦见于《隋书·倭国传》，故学术界一般认为遣隋使肇始于公元607年。然而，据《隋书·倭国传》记载，开皇二十年（600），倭王'遣使诣阙'，即日本早在600年已经派出第一批遣隋使。关于这次遣使，日本学术界多存疑义，或

推测是九州豪族私遣之使，或怀疑是 607 年遣使的重复误载。日本正史（六国史）记载实际成行的遣唐使为十六次，但《旧唐书》《新唐书》日本（倭国）传仅记载十二次，其中两次不见于日本正史，双方重合者只有十次。《隋书·倭国传》对开皇二十年倭使描述具体，内容与大业三年记事基本不重复。因而认定遣隋使始于公元 600 年比较妥当。"

据《隋书》《日本书纪》记载，圣德太子摄政期间，第一次遣使在 600 年，使者不详。第二次在 607 年，使者小野妹子。第三次在 608 年 9 月，小野妹子陪隋使裴世清回国，再次至隋。第四次在 614 年，使者犬上御田锹、矢田部造。

在崇信佛教方面，圣德太子亲自注释《法华经义疏》《维摩经义疏》《胜鬘经义疏》，以宣扬佛法，同时在国内广建佛寺。著名的有法隆寺、四天王寺等。随着寺院的建立，建筑、雕刻艺术也有长足进步。可以说，通过模仿中国隋唐的中央集权制度，这一时代的日本建立起了强大的王权制度。在这一背景下，传统的传诵歌谣势必被取代，代表了新的宫廷文化的和歌登场。

从和歌的历史发展进程来看，这一时期和歌的主要特点是从集团性的歌谣转变为歌唱个体情感的和歌。古代歌谣的创作依存于集团生活，一般发源于共同劳作的场合，表达了其集团性的目的。而万叶和歌依存于个体的生活场景，表达了个体的喜怒哀乐爱恶欲等感情。所以，和歌的变革体现在从集团性向个体性的转变。

从和歌的内容来看，在万叶时代，和歌或吟诵于公众场合或吟诵于私人场合，并在生活中发挥相应的功能，其所表达的感情均为非常具体的生活情感。发展到《古今和歌集》的时代，和歌便从生活中脱离出来，形成了独立的美世界，所反映的不再是人们的生活情感，而是物哀的纯文学。

大化革新之后，皇族不再只是"装饰"，而是充满活力的行为主体。这种精神上的觉醒促使皇室中的优秀歌人辈出。文化内在的发展与外来文化的刺激，这就是日本文化背负的宿命。

第一期的歌风的主要特点是清新凛冽、情词朴直，颇多富有气魄、灵性之作。代表性歌人有舒明天皇、齐明天皇、天智天皇、有间皇子、额田王、久米禅师等。

一 卷首雄略天皇歌：千年前的求爱诗

原文： 泊瀬朝倉宮に宇御めたまひしふ天皇の代［大泊瀬稚武天皇］

天皇の御製の歌

籠もよ　み籠持ち　ふくしもよ　みぶくし持ち　この岡に　菜摘ます児　家告らな　名告らさね　そらみつ　大和の国は　おしなべて　我こそ居れ　しきなべて　我こそいませ　我こそば　告らめ　家をも名をも（1・1）

译文： 泊瀬朝仓富御宇天皇代：大泊瀬稚武天皇（雄略天皇，457-479）

天皇御制歌

美哉此提篮，盈盈持左手，美哉此泥锄，轻轻持右手，

尔是谁家女，摘菜来高皋，尔名又若何，尔能告我否，

大和好山川，向我齐俯首，全国众臣民，听命随我走，

尔家与尔名，尔能告我否。（1・1）

赏析： 这首"求婚歌"据传是雄略天皇所作，被收录于日本的教科书中，家喻户晓。雄略天皇乃是古代帝王的代表，编纂者选取了其诗作为二十卷的卷首歌，用意深远。首先，这首诗与卷尾的大伴家持"新年诵瑞雪"这一贺歌相呼应。虽然在作者身份上略显不对等（天皇与臣子），但是这两首和歌主旨统一，同作为"贺歌"，体现了编纂者对《万叶集》追求结构统一的苦心孤诣。《万叶集》作为一部民族性的诗集，切实地描绘了古代诗人的喜怒悲乐，刻画了他们的生活百态，可谓日本民族伟大的文学遗产。

这是一首以春天为背景，节奏轻快的求婚诗。第一节中，天皇向在小丘上采摘的女子表达了倾慕之意。他直接大胆地去欣赏"采菜女"，在他的眼中，她左手提篮是"美"的，右手持锄也是"美"的，"盈盈"与"轻轻"更是展现了这位女子的婀娜多姿与体态轻盈。于是，天皇走上前去问道："我能否知道你的名姓呢？"在现代人看来此举可能略显轻浮，不符合天皇的身份，但这也正是对当时的真实民情的再现，同时也印证了万叶和歌素朴的这一特质。第二节，诗人俯瞰大好山川和浩浩民众，大声宣告自己乃是统治国家的天皇，表达了他支配天下的万丈豪情。

文化： 中国文献《宋书·倭国传》记载了"倭之五王"赞、珍、济、兴、武通史于宋。史料记载：倭王武即位后，顺帝升明元年(477)十一月，"遣使献方物"于宋(《宋书·顺帝纪》)。"倭王武"即雄略天皇。

根据日本古代习俗，女子除丈夫外，不得将家名与芳名告知任何男子。男子询问女子闺名则是求爱的表现，女子告知即是接受男子的求爱。此外，婚姻意味着子孙繁茂和对五谷丰登的预祝。天皇与各地豪族的每一次联姻，都宣示着那片土地及人民归其所有。

该作品的歌碑（如图 2-1）位于奈良县樱井市的白山神社。图 2-2 是同样位于该神社的"万叶集发耀赞仰碑"，颂扬了《万叶集》的开端。

图 2-1　歌碑位于奈良县樱井市黑崎的白山神社

图 2-2　"万叶集发耀赞仰碑"——颂扬《万叶集》的开端

二　舒明朝的国见歌

所谓"国见"，是指天皇登高望远，览胜抒怀，祈愿国运昌盛、五谷丰登的仪式。

天皇御制歌

原文：天皇の、香具山に登りて国を望みたまひし時の御製の歌

大和には　群山あれど　とりよろふ　天の香具山　登り立ち　国見をすれば　国原は　煙立ち立つ　海原は　かまめ立ち立つ　うまし国そ　あきづしま　大和の国は（1・2）

译文：天皇登香具山望国之时御制歌

大和有群山，群山固不少，天之香具山，登临众山小，

一登香具山，全国资远眺，平原满炊烟，海上多鸥鸟，

美哉大和国，国土真窈窕。（1・2）

赏析：香具山又称香久山，传说是天上落下的神山。舒明天皇（593—641）是第 34 代天皇。在春之初，舒明天皇亲自攀登香具山顶，开展神圣的春祭活动。和歌大体分为三部分，第一部分讲述了攀登香具山的原因：大和群山遍布，而唯有香具山最高，能够"一览众山小"。第二部分描绘登上山顶后的景象，远眺全国，平原炊烟寥寥遍是人家，海边鸥鸟栖息物产丰饶。第三部分，歌人直抒胸臆，大声赞美：大和国啊！多么窈窕美丽！

这一首和歌，既描绘了香具山炊烟缭绕、桑云淡淡的秀美风光，又反复歌咏了其国土之昌盛，体现了诗人"会当凌绝顶"的豪迈之情和对大和国的自豪与喜爱之情。

文化："国见"原本如同民间的赏花、游山等，是预祝农耕丰收的活动，后来逐渐仪式化，成为国家的春季祭典仪式。而后，根据律令制下的神祇政策，望国仪式不再是具有公家性质的祭祀活动，而是作为祈年祭和拜四方的仪式被传承下来。

舒明天皇即位后次年第一次派遣遣唐使。在《万叶集》的卷首放置了雄略天皇、舒明天皇的作品，这两位天皇都是在中日交流方面有着突出的功绩，这

一编排也体现了编纂者受到中国文化影响的意识。

冈本天皇御制歌

原文：岡本天皇の御製歌一首

夕されば　小倉の山に　鳴く鹿は　今夜は鳴かず　寝ねにけらしも（8・1511）

译文：冈本天皇御制歌一首

小仓山上鹿，入夕辄常鸣，今夜成眠矣，如何无鹿声。（8・1511）

赏析：冈本天皇是指冈本宫的天皇。作者可能是舒明天皇或齐明天皇。这首和歌描绘的是对妻子的爱恋之情，所以作者更有可能是作为男性的舒明天皇。

平时到了黄昏，因呼唤伴侣鹿鸣不断，今夜却无声音，一定是已进入梦乡了吧。和歌表面上写鹿鸣，实际是写自己。长夜漫漫，寂静无声，歌人借用鹿含蓄蕴藉地表达了思恋爱妻之情。

三　磐姬皇后的思慕歌

原文：磐姬皇后の、天皇を思ひて御作りたまひし歌四首

君が行き　日長くなりぬ　山尋ね　迎へか行かむ　待ちにか待たむ（2・85）

右の一首の歌は、山上憶良臣の類聚歌林に載せたり。

译文：磐姬皇后思念天皇御作歌四首

君行日已久，不识几时归，欲待无从待，出迎又觉非。（2・85）

上一首歌，山上忆良臣《类聚歌林》载焉。

原文：かくばかり　恋ひつつあらずは　高山の　岩根しまきて　死なましものを（2・86）

译文：热恋如斯苦，何如不恋时，高山山顶上，卧死更为宜。（2・86）

原文：ありつつも　君をば待たむ　うちなびく　我が黒髪に　霜の置くまでに（2・87）

译文：仍留尘世上，意在待君归，黑发成霜发，此心永不违。（2・87）

原文：秋の田の 穂の上に霧らふ 朝霞 いつへの方に 我が恋止まむ
（2·88）

译文：雾盖秋田穗，朝霞散漫浮，恋愁霞雾里，何处可消忧。（2·88）

赏析：这四首和歌吟诵了磐姬皇后对仁德天皇深切的爱慕之情。歌意表现了天皇行幸后，磐姬皇后等待的凄惶。她在门口守望，因久久不见爱人的身影而坐立难安："爱情如此让人痛苦的话还不如死去。"从此处可以看出磐姬皇后是一个明媚热烈的女子。然而对天皇的深爱又让她决心留在尘世，继续着漫长但值得的等待。就算黑发等成了霜发，也不会动摇她的爱意。这爱意弥漫四野，无处不在，在覆盖秋穗的迷雾中，在绚烂的朝霞之中，永不消散。

文化：《古事记》中记载磐姬皇后的嫉妒之心非同寻常。传说皇后不准天皇的侍妾们入宫。有一次，吉备的海部直的女儿黑日卖奉诏入宫。虽然她已经到了宫中，但因为害怕磐姬的嫉妒而逃了回去。但即便如此，磐姬皇后也不放过她。皇后命令部下追击，逼迫黑日卖下船徒步回去。可见，磐姬皇后的嫉妒之心相当强烈。

四 额田王的抒情歌

额田王在万叶歌坛活跃了近30年，她多才多艺，有着很高的汉诗文修养，注重作歌技巧，是最早咏唱个人情感的歌人之一，亦是当时最负盛名的女歌人。其作品在《万叶集》里有长歌3首、短歌9首。她的作品不同于以往的仪式歌谣，而是主要以短歌为中心，以恋爱情绪为基调，有着强烈的抒情色彩。作品中倾诉的情感不仅仅是她个人的情感，还代表了在场所有人的共同感情。在万叶初期，和歌的创作在很大程度上仍保存着集团创作和享受的特征。因此，像额田王这样的有才华的歌人，有机会时常在皇族聚集的场合露面，代替天皇或贵族们咏唱，可谓当时的宫廷歌人。

1. 判春秋歌
原文：天皇、内大臣藤原朝臣に詔して、春山万花の艶と秋山千葉の彩と

を競ひ憐れびしめたまふ時に、額田王、歌を以て判る歌

冬ごもり 春さり来れば 鳴かざりし 鳥も来鳴きぬ 咲かざりし 花も咲けれど 山をしみ 入りても取らず 草深み 取りても見ず 秋山の 木の葉を見ては 黄葉をば 取りてそしのふ 青きをば 置きてそ嘆く そこし恨めし 秋山そ我は（1·16）

译文： 天皇诏内大臣藤原朝臣，竞怜春山万花之艳、秋山千叶之彩时额田王以歌判之歌

春前未鸣鸟，春来亦已鸣，春前未开花，春来开已荣，

春山树木茂，入不闻鸟声，春草深没膝，采花不可行，

秋山树叶稀，红叶能摘赏，青叶仍在枝，令人多向往，

秋山何所恨，我恨在遐想。（1·16）

赏析： 这首歌的题词显示了作歌的场合和背景。近江朝，汉诗文兴盛。天智天皇以竞怜"春山万花之艳、秋山千叶之彩"为题召开文学雅会。这既体现了在近江朝，宫廷已会举办初具规模的文学沙龙，也显示了天智天皇对中国文宴的向往。

额田王的这首"判定春山与秋山孰优孰劣"的歌作朴素而又充满风趣，堪称万叶和歌第一期的佳作。该作品在内容上表现了诗人对春秋优劣的知性判断以及主观评价。从结构上来看，第一节歌咏了春山的优劣，春来百物欣荣，鸟鸣花繁，无奈草木深深，难赏春山美景。先扬后抑，看似在赞美春山，实则在言春山之劣。第二节歌咏了秋山的优劣，秋日虽不复春日的繁茂益然，树叶稀疏零落，然而红叶艳丽，青叶清新，色彩纷呈，叫人向往。先抑后扬，看似要言秋山之劣，实则赞美其层叠丰盛。最后，歌人仍旧以一种看似埋怨的语气明贬实褒：秋山可恨之处就在于太让人喜欢了！柳暗花明，一波三折，颇有意趣。

在这首歌中，季节的景色之美成了人们关注的焦点，可以说这是当时一个非常特别的主题。这里描绘的景物是春秋观念上的对照，而不是表现眼前的景物。

文化： 这种用和歌来判定优劣的文学游戏盛行于平安朝，例如：歌合（赛歌会）、花合（赛花会）等，一般没有客观的评判标准，主要靠诗人的作诗技巧来表现美的艺术。因此，应景性就非常重要。

图 2-3 是收录于《万叶集》中额田王的判春秋歌。

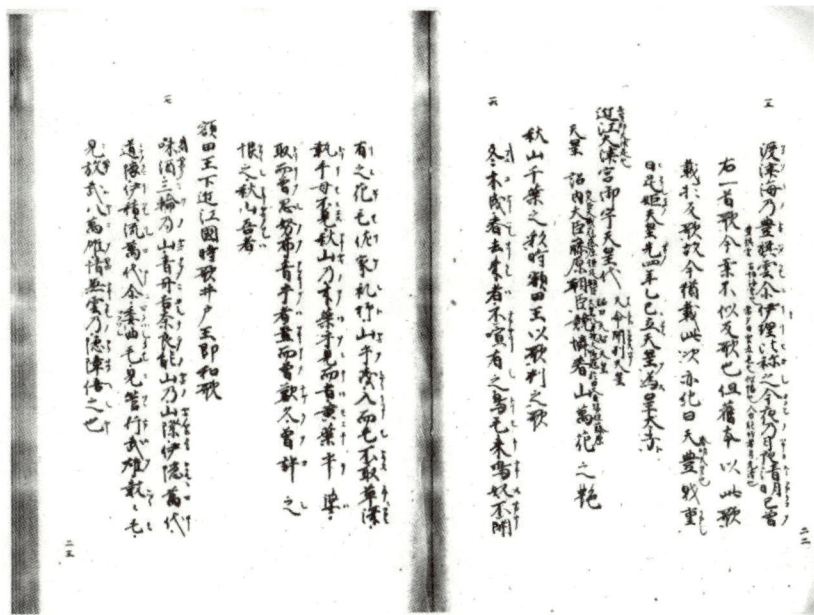

图 2-3　额田王的判春秋歌

2. 与大海人皇子的赠答歌

额田王幼年便入宫成为巫女，先后与大海人皇子（天武天皇）和中大兄皇子（天智天皇）坠入情网，形成历史上有名的三角恋。她先与大海人皇子相恋，并诞下十市皇女。后被倾慕已久的天智天皇纳入后宫为妾，宠爱有加。但额田王与大海人皇子之间藕断丝连，旧情难忘。天智七年（668），天智天皇游猎蒲生野（今滋贺县近江八幡市和八日市境内一带原野），额田王与东宫大海人随同伴驾。狩猎和采集药草之时，大海人皇子春心萌动，难耐相思之苦，情不自禁地向额田王挥袖示爱。二人的这组对歌被誉为万叶相闻恋歌的杰作。

图 2-4 梳理了额田王与兄弟二人的人物关系。

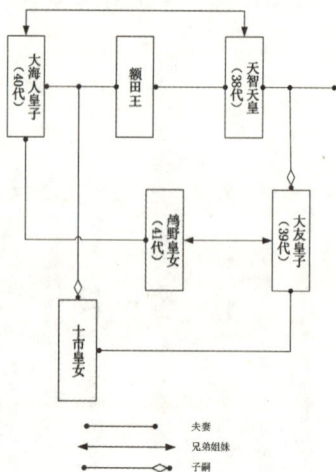

图 2-4 额田王周边的人物关系

原文： 天皇の蒲生野に遊猟したまひし時に、額田王の作る歌

あかねさす 紫野行き 標野行き 野守は見ずや 君が袖振る （1・20）

译文： 天皇游猎蒲生野时，额田王作歌。

君行紫野去，标野君又行，不见野间吏，笑君衣袖轻。（1・20）

答歌

原文： 皇太子の答へし御歌［明日香宮に天下治めたまふ天皇、諡を天武天皇といふ］

紫の にほへる妹を 憎くあらば 人妻故に 我恋ひめやも （1・21）

译文： 皇太子答御歌（明日香宫御宇天皇，天武天皇）

妹如紫草鲜，安得不艳羡，知是他人妻，犹能如此恋。（1・21）

赏析： "紫野"是指皇家的御用园地，专门栽培紫草，紫草用作药材或染料，并派专人守卫。紫草的根，其用甚广。当时尤贵紫色，染帛染纸，所需甚多。中国六朝时候就传其栽培之法，有《齐民要术》可证。"挥袖"这一举动原本是指招魂的诅咒性行为，这里单纯是表现大海人表达爱情的情不自禁。第一首和歌有多种理解，一种为额田王顾忌众目睽睽，劝其谨慎。也有学者理解为额田王恃宠而骄，整首和歌洋溢着嗔媚的语气，赞叹爱人长袖飘飘、风度翩翩。大海人皇子的答歌则热烈地表达了他的相思苦恋、思慕难禁之情。

　　文化：5月5日的"药猎"这一习俗始于推古朝，并发展成为宫廷活动，文武百官盛装参加，是一场华丽的游猎。一般男子乘马逐鹿、取鹿茸，女子则采百草。这一习俗仿于中国。《荆楚岁时记》5月5日条记载"是日竞渡，采杂药。"

　　额田王与大海人皇子在热情的赠答歌之后，激情转瞬即逝。现实生活中，岁月平淡地流淌，额田王也渐渐地变成了等待天智天皇来访的后宫女人。下面一组额田王和镜王女赠答歌中可以窥视其悲凉的境况。镜王女是镜王之女，藤原镰足的正妻，有一说二人是姐妹，存疑。

3. 帘动人将至——思恋之苦

原文：額田王の、近江天皇を思ひて作りし歌一首

君待つと 我が恋ひをれば 我がやどの 簾動かし 秋の風吹く（4・488）

译文：额田王思近江天皇作歌一首

我正恋君苦，待君门户开，秋风吹我户，帘动似人来。（4・488）

原文：鏡王女の作りし歌一首

風をだに 恋ふるはともし 風をだに 来むとし待たば 何か嘆かむ

（4・489）

译文：镜王女作歌一首

天风犹可恋，此恋益堪珍，我待风来矣，何须叹息频。（4・489）

　　赏析：这两首虽然分题，但更像是一唱一和。第一首中近江天皇是指天智天皇，诗中描述了热恋中的女子苦苦等待爱人却未果的场景，她长久地凝望着门口，期望爱人的身影能够出现，帘动而心动，正要欣喜之际，却发觉是秋风作怪。热切思恋与凄清秋风相映，诗人的哀怨之情与失落之情俱飘荡诗中。

　　针对此失意之情，镜王女的答歌则表达了"待得风来更何怨"的艳羡。她不言"秋风"而言"天风"，化原本秋日的冷落为爱人的呢喃："不要埋怨秋风作怪了，在我心里，风吹帘动使我仿佛回到了往日爱人拂帘的场景，已足珍惜，哪里会去频频叹息呢？"其夫藤原镰足已逝，和歌中充斥着镜王女无人可待的寂寥与凄苦之感。

　　"帘动人将至"是当时的俗信，亦似汉诗。

五　其他歌人代表

1. 圣德太子

圣德太子（574—622），是用明天皇的第二皇子，母亲是钦明天皇之女穴穗部间人皇女。本名为厩户皇子。推古天皇即位时成为皇太子，作为摄政大臣，统管国家政治。圣德太子在国际局势紧张的情况下派遣遣隋使，引进中国的先进文化、制度，制定"冠位十二阶"和十七条宪法，兴隆佛教，修建寺庙，意图建立以天皇为中心的中央集权国家体制。

原文：上宫聖徳皇子の、竹原の井に出遊せし時に、竜田山の死人を見て悲傷して御作りたまひし歌一首

　　　家ならば　妹が手まかむ　草まくら　旅に臥やせる　この旅人あはれ

（3・415）

译文：上宫圣德皇子出游竹原井之时见龙田山死人悲伤御作歌一首

此人如在家，有妹手中抱，今日困穷途，旅人斯卧倒。（3・415）

赏析：《万叶集》卷三的前半部分是杂歌，后半部分是挽歌，这首歌即挽歌部分的第一首。相传作者是圣德皇子。根据《日本书纪》等记载，圣德太子巡幸奈良龙田山时，看到一人因饥饿倒在路边。太子出于怜悯之情，供给衣食，吟咏和歌一首后离开。第二天，发现饱受饥饿之苦的异人还是去世了，太子命亲信厚葬。可是过了几天，尸体竟然消失了，只有衣服留在了棺材上。世人称之为"达摩"的化身。

歌意为家有娇妻，可以枕其玉臂而眠，安逸舒适。而今卧毙荒山乱草之中，实在堪怜。

文化：当时认为倒在路边的死者是向行人乞讨的精灵。行人畏惧其灵魂，要进行祛秽。因此，挽歌不仅仅是对亡者的悼念，也起到镇魂、祛秽，祈祷亡灵复活等功效。

图2-5、2-6是圣德太子修建的法隆寺。

图 2-5　史迹法隆寺

图 2-6　法隆寺

2. 中大兄皇子（天智天皇）

中大兄皇子（668—671），即"天智天皇"。即位前称中大兄皇子。舒明天皇之子，母为皇极天皇。

（1）中大兄的三山歌

原文：中大兄 ［近江宮に天下治めたまふ天皇］ の三山の歌一首

香具山は　畝傍を惜しと　耳梨と　相争ひき　神代より　かくにあるらし　古も　然にあれこそ　うつせみも　妻を　争ふらしき（1·13）

译文：中大兄（近江宮御宇天皇）三山歌一首

香具爱亩火，耳犁起与争，相争从太古，此事早形成，
古昔既如此，斯世难变更，二男争一女，所以永难平。（1·13）

原文：香具山と　耳梨山と　あひし時　立ちて見に来し　印南国原（1·14）

译文：香具耳犁俩，相争不待言，大神来见证，正在印南原。（1·14）

赏析：三山是指香具、亩火、耳犁三山，三山围绕着藤原京，排列在三角形的位置上。亩火是女山，其他二者是男山。古传三山相争。这首和歌从神代的传说联想到自己的境遇，发出从古至今都会有争夺妻子的感慨。

在《播磨风土记》中，出云的阿菩大神听说了三山相争之后，前来仲裁，平定了纠纷。因此在该歌中，天智天皇也说到请印南原的大神来仲裁。

（2）叙景歌

原文：わたつみの　豊旗雲に　入日さし　今夜の月夜　さやけかりこそ（1·15）

译文：云漫如旗帜，渡津海上行，日随云卷去，今夜月清明。（1·15）

赏析：这是中大兄皇子脍炙人口的叙景歌。面对长河落日的壮美景色，他表现出革新派政治家的雄伟气魄。和歌中如旗帜般涌动翻卷的云海，汹涌澎湃的千重巨浪、缓缓西沉的熔金落日，共同构成了一幅动态的广阔画卷，展现了气吞万里的气概。

最后一句，皓月清明，孤影徘徊，望月兴叹，流露出歌人孤独的思绪。这种对大自然景色的感受不再具有集体的共性，从落日到明月的联想，充分展现出个性，这是万叶诗人在抒情上自我意识的觉醒。

3. 中皇命笔下的旅途

中皇命，犹言皇二女，终究为何人，颇多考说。或云孝德天皇后，齐明天皇女。

原文：中皇命の、紀の温泉に往きたまひし時の御歌

君が代も 我が代も知るや 岩代の 岡の草根を いざ結びてな（1・10）

译文：中皇女命往于纪伊温泉时御歌

君寿同吾寿，安知一样长，神山磐代上，结草寿无疆。（1・10）

原文：我が背子は 仮廬作らす 草なくは 小松が下の 草を刈らさね（1・11）

译文：君若作茅庐，要锄地上草，松根野草多，请为并锄扫。（1・11）

原文：我が欲りし 野島は見せつ 底深き 阿胡根の浦の 玉そ拾はぬ（1・12）

译文：野岛望多年，眼前野岛立，阿胡根海深，深底珠难拾。（1・12）

赏析：这一组和歌描述了旅途中典型的三个场面。第一首关于信仰，是祈祷旅途平安的场面。第二首描绘了搭建住宿用的茅屋的场面。第三首讲述了催促观光的场面。三首和歌都是以女性的身份送给爱人的，口吻娇媚、轻快，代表了在场所有人的共同情感。和歌中的"磐代"今作岩代，位于和歌山县。

文化：第一首中的"结草"是当时的习俗，昔人以为草木皆有灵，结枝、结草，以祈求旅途平安或祈祷长寿。另，不独结草，亦结树枝以为祷咒。如此，可使远者近，离者和，短者长，别离得以重逢。

第一期的作者身份经常会产生争议，比如说额田王、中皇命的诗作，又被视为是代作。但是无论作者身份如何，大多数和歌都体现了这一时期所特有的抒情方式，即歌颂了所有人所共通的感情。

💡 思考题

1. 万叶和歌第一期的主要特点是什么？

2. 卷首歌的意义是什么？

3. 如何理解额田王的"判春秋歌"？

柿本人麻吕时代——第二期（672—710）

万叶第二期始于672年的壬申之乱，止于710年3月的奈良迁都，共约40年。

天智天皇以引进大唐律令制为目标，试图一改倭国兄终弟及的皇位继承传统惯例，代之以大唐的嫡子相继制，即传位于大友皇子（弘文天皇）。此举引发了其弟大海人皇子的强烈不满。672年12月，天智天皇驾崩后，大海人皇子得到地方豪族相助而揭起反旗，最终大获全胜。这是日本古代最大规模的内乱，672年的干支纪年为壬申，故被称为壬申之乱。673年农历2月，大海人皇子建造了飞鸟净御原宫，正式即位为天武天皇。

图3-1梳理了第二期主要歌人的人物关系。

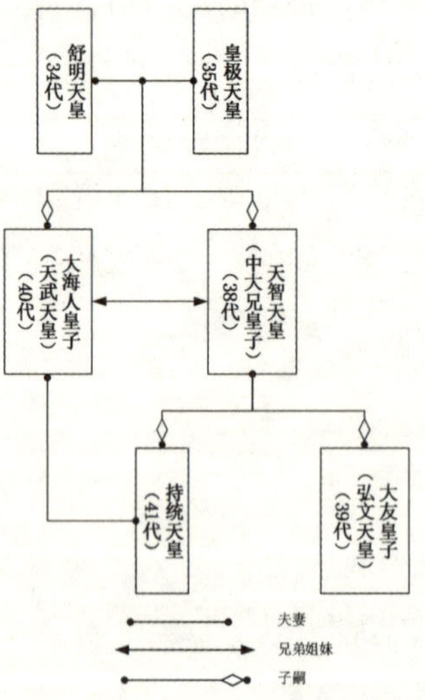

图 3-1　第二期主要歌人的人物关系

天武天皇继承大化革新的精神，确立皇室权威，效仿中国制度，打造律令国家。持统天皇继位后，秉承天武天皇的遗志，营建藤原新京，整备政策，完善律令国家的建设。为了树立天皇的权威，还大规模培育宫廷歌人，专门为天皇歌功颂德。

持统三年（689）6 月，持统天皇任命施基皇子以下 7 位有文才的官员成立了"撰善言司"这一部门，效仿中国制度，搜集前人善言，传承宫廷礼仪等。为了提升皇孙轻皇子（后文武天皇）等皇族和贵族子弟的修养，持统天皇还仿照南朝宋范泰所著的《古今善言》30 卷，编纂书籍。持统年间，起用的官员精通汉学，拥有深厚的汉诗文素养。

这一期是天皇制充满希望的时代，正是这样的时代和自身的天赋才成就了柿本人麻吕这样伟大的歌人。第二期和歌的总体特点是凝练词句、创造格律、文人竞起、蔚为翰林，多作富丽堂皇的长篇。

一 持统天皇

持统天皇是日本第 41 代天皇，女性天皇之一，本名为鸬野赞良。父亲是天智天皇，657 年，鸬野赞良嫁给叔父大海人皇子（天武天皇）为妃。673 年，晋升为皇后。686 年，天武薨，鸬野赞良辅佐太子草壁皇子，执掌政事。690 年，草壁太子去世，持统正式即位。完善各项制度，继续建立律令国家。697 年，持统将皇位让给皇孙文武天皇，作为太上天皇辅佐文武政治。《万叶集》收录其和歌 6 首。

原文：天皇の御製歌

春過ぎて 夏来るらし 白たへの 衣干したり 天の香具山（1·28）

译文：天皇御制歌

春去夏天来，为时将入伏，天之香具山，人在晒衣服。（1·28）

赏析：这首和歌亦被收录于《小仓百人一首》。春去夏至，空气渐渐变得燥热，衣物上的水汽蒸发，山风拂动，苍翠的草木和晾晒的白布相辉映，构成了一幅充满夏季气息的风景画。

文化：白布是指奉神女子身着的襊衣。在古代，夏天的一大盛事便是插秧。可以插秧的女子必须是敬奉田野之神的处女。因此，女子会在此之前，离开村庄，到山里进行修行，其间便会晾晒襊衣。

所谓香具山，是指持统天皇执政的藤原京以东的山，和亩火山、耳梨山一起并称为大和三山。因有仙人从天上降临此山的传说，所以被称为天之香具山。

二　大津皇子和大伯皇女

如图 3-2 所示，大伯皇女和大津皇子是同胞姐弟，其父是天武天皇，其母是天智天皇的女儿大田皇女。《怀风藻》中记载大津皇子"容姿端丽、筋骨隆隆、学问优秀、性格宽大、自由奔放、武艺百般。"大津皇子如此聪颖武勇，相比之下，草壁皇子自幼体弱多病。因此，当时宫中大津皇子的拥护者甚众。但由于生母大田皇女去世得早，在皇位继承权上大津皇子缺乏有力的后盾。天武天皇病重以来，围绕着皇位继承问题，大津皇子和草壁皇子都被卷入到政治争斗之中。天武天皇去世后一个月内，大津皇子被控谋反，处死刑。

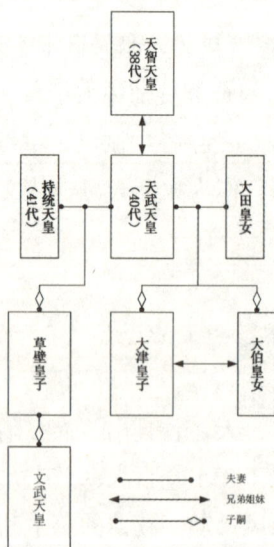

图 3-2　大津皇子家谱

1. 大津皇子

大津皇子文学造诣深厚，《万叶集》与《怀风藻》都有收录他的诗作。作品尽显他自由奔放的性格和恢弘的气魄。历史总是惊人的相似，如同中大兄皇子、大海人皇子和额田王的三角恋，大津皇子和草壁皇子也爱上了同一女人——石川郎女。"郎女"这一汉语是指具有才华的女子，"女郎"是日本制汉语，二者意思上没有区别。首先，欣赏一首他与石川郎女密会后的歌作。

原文： 大津皇子の窃かに石川女郎を婚きし時に、津守連通、その事を占へ露はせるに、皇子の作りたまひし歌一首

大舟の 津守が占に 告らむとは まさしに知りて 我が二人寝し（2·109）

译文： 大津皇子窃婚石川女郎时，津守连通占露其事，皇子御作歌一首

津守卜占巧，能知喜与忧，二人情意合，确以共衾裯。（2·109）

赏析： 津守连通是当时有名的阴阳师，通晓天文，擅长占卜。这首和歌大意为"即使津守能卜能占，吾二人仍然同欢"。歌意简单明了，大胆的告白彰显了大津皇子奔放不羁、我行我素的个性。

当时，突破禁忌的男性不在少数，但是鲜有人能如此豪放大胆。也是这样的性格引起了草壁皇子的生母持统天皇的忌恨与警惕，最终导致大津皇子的杀身之祸。

临终诗

原文： 大津皇子の、死されし時に、磐余の池の陂に流涕して御作りたまひし歌一首

ももづたふ 磐余の池に 鳴く鴨を 今日のみ見てや 雲隠りなむ（3·416）

右、藤原宮の朱鳥元年の冬十月なり。

译文： 大津皇子被死之时磐余池陂流涕御作歌一首

磐余池上鸭，来此竟悲鸣，今日一相见，云中隐去程。（3·416）

赏析： 这首歌作为大津皇子的辞世歌流传下来，属于传承歌。原文中的"云隐"，即死去的委婉说法。磐余池畔听鸭鸣，今只一见，便绝此平生。冬天落日，在泛起涟漪的池塘边，迎着寒冷的初冬之风，二十四岁的青年怀着一颗清冷的心，将所爱之人留在这个世界上，将凌云壮志当作一场梦，将对这个世界

的一切留恋汇集在这一首歌中。诗歌中充满了壮志未酬的悲壮与不甘辞世的悲情。将死之际，景语皆化作情语，磐余池畔的鸭鸣好像也是在为"我"而悲啼。将死亡说成一场不再相见的旅行，大津皇子的洒脱和豁朗可窥一斑，其生命的消亡更令读者唏嘘感伤。

文化：《持统纪》记载，大津皇子被"赐死"，时年24岁，不禁让人扼腕惋惜。当时皇子妃山边皇女披发赤足在后面追随，殉情而死。

2. 大伯皇女

大伯皇女，14岁时被选为天照大神的"斋宫"，被送到伊势神宫中。伊势神宫祀天照大神，"斋宫"是指侍奉神灵的巫女，一旦被选中，终生不能结婚、不能恋爱，一辈子在宫中无依无靠，孤老一生。彼时制度，每逢天皇继位时，遣送一未婚皇女驻宫持斋祭。大伯皇女41岁离世，终身无夫无子。在《万叶集》中有怀念其弟的诗歌6首。

原文：大津皇子の、窃かに伊势神宫に下りて上り来たりし时に、大伯皇女の御作りたまひし歌二首

我が背子を 大和へ遣ると さ夜ふけて 暁露に 我が立ち濡れし（2·105）

译文：大津皇子窃下于伊势神宫上来时，大伯皇女御作歌二首

别矣云吾弟，行将返大和，夜深吾独立，晓露湿意多。（2·105）

原文：二人行けど 行き过ぎがたき 秋山を いかにか君が ひとり越ゆらむ（2·106）

译文：二人行一道，犹觉进行难，独越秋山去，如何不寡欢。（2·106）

赏析：686年的秋天，大津皇子谋反前，恐遇不测，所以违禁密会了当时还在神宫中作为巫女的姐姐大伯皇女，与之见最后一面。这是大津皇子在回去的时候，大伯皇女吟诵的诗歌。寒露湿重，大伯皇女伫立凝望，茫茫夜色中皇弟的背影与大和山渐渐融为一体，不禁感叹："寒风萧索的秋山如此难行，那秋山就好像政治风暴一样，两人携手恐怕都难以共渡难关，皇弟只有一人，该如何越得过呢？"大伯皇女依托这首诗歌表达了对皇弟的担忧和对政治风波的恐惧。诗情悲切，境遇令人怜悯。但是不幸的是当大津皇子回到京城中后，马上被以"谋反"罪杀害了。

三　歌圣柿本人麻吕

　　"朝臣"，门第之荣称。柿本臣是活跃于5世纪至6世纪上半叶的和珥臣一族的旁支，天武朝13年被赐姓"朝臣"。柿本人麻吕此人在正史中没有任何记载，关于他的一切史料只出现于《万叶集》。根据可以明确年代的作品来看，他以哀悼草壁皇太子的挽歌（689年4月）登场，最后的作品是700年4月的悼念明日香皇女的挽歌。作为宫廷歌人活跃于天武、持统、文武三朝，共10余年，他以文学侍从于宫廷，历仕诸皇子，屡从游驾，晚年出为郡吏而终。

　　柿本人麻吕作品的主要特征是从口传文学转变为记载文学。他是第一个用文字进行创作的歌人，使用了枕词、序词、对句等作歌技巧，擅长吉野赞歌和游猎行幸赞歌以及悼念皇子皇女的宫廷挽歌，尤以挽歌而闻名。与记纪歌谣和初期万叶歌不同，人麻吕受中国诗的影响，留下了数十句甚至超过100句的长歌。此外，他还创作了反歌这一形式。反歌一般作为长歌的补充，内容不仅限于长歌的概括和反复，甚至还超越了长歌所咏的时间和空间，加强了独立性。

　　他的作品继承《古事记》《日本书纪》中英雄传说歌谣的传统，以激情和浓烈的色彩描绘自然，反映人事，创造出鲜明的艺术形象。作品富于悲剧情调，气势磅礴，语言深沉厚重，在叙事与抒情的结合方面，有创造性的成就。

　　柿本人麻吕在日本文学史上占有重要地位，被尊称为"歌圣"和"万叶第一歌人"。后人建立"人麻吕神社"加以供奉。图3-3是位于奈良县阿奇野人麻吕公园的柿本人麻吕石像。《万叶集》收录其长歌19首，短歌75首。

图3-3　奈良县阿奇野人麻吕公园的柿本人麻吕石像

1. 吉野赞歌——天皇即神思想

原文： 吉野宫に幸したまひし時に、柿本朝臣人麻呂が作りし歌

やすみしし 我が大君 神ながら 神さびせすと 吉野川 たぎつ河内に 高殿を 高知りまして 登り立ち 国見をせせば たたなはる 青垣山 やまつみ の 奉る御調と 春へには 花かざし持ち 秋立てば 黄葉かざせり〈一に云ふ 「黄葉かざし」〉 行き沿ふ 川の神も 大御食に 仕へ奉ると 上つ瀬に 鵜川 を立ち 下つ瀬に 小網さし渡す 山川も 依りて仕ふる 神の御代かも（1・38）

译文： 幸于吉野宫之时，柿本朝臣人麻呂作歌

大王若神明，事神心意专，吉野川湾上，高殿入云烟，

何为建高殿，登高望山川，青垣山上神，贡物非渔猎，

春来插鲜花，秋来插红叶，游副川上神，贡物非果蔬，

上濑放鹈鸟，入水可捕鱼，下濑撒小网，得鱼供神需，

献神随地产，山川两异途。（1・38）

原文： 山川も 依りて仕ふる 神ながら たぎつ河内に 船出せすかも （1・39）

译文： 敬奉神灵事，山川各不同，只今河曲内，船出到河中。（1・39）

赏析： 作品描绘了持统天皇的吉野行幸的场景，歌颂了天皇如神灵一般御统天下的威武。诗中描述了山川巍峨、层峦叠翠、君临天下、尽数归从的壮阔景象。作为宫廷歌人，人麻呂站在女帝的立场，凸显了女帝巡行的威严，作品起伏跌宕，气势恢宏。

首句称天皇为神灵，这是柿本人麻呂开创的表达手法，将天皇喻为"神"，这一"天皇即神"思想长期以来影响和支配着日本的国民意识。所谓的"天皇即神思想"，顾名思义，就是说天皇是"神"，而不是"凡人"的思想。可以说这种思想对日本国家的影响一直延续到第二次世界大战结束。

文化： 持统女帝在位 11 年间，赴吉野离宫行幸 31 次，从持统三年（689）天武的葬仪结束到女皇让位的当年（697），每年数次赴吉野。女帝行幸的目的并非游览观光。对她来说，吉野不仅是大和朝廷的圣地，更是天武朝的发祥地。通过吉野行幸，加强宫廷集团对王权的信任和维护，借以安抚人心，巩固政权安定，这才是女帝行幸的真实目的。柿本的这首作品正是在这种背景下咏

唱的。

此外，根据《日本书纪》记载，从持统朝开始，宫廷肆宴的规模也发生了巨大变化。天武朝以前，参加宫廷肆宴的基本都是公卿。但是，从持统朝起，文武百官皆可参加。这反映了朝廷进一步模仿中国的制度和文化，重视礼乐思想，加速近代化建设的思想。同时，为了赋予宫廷肆宴政治意义，强化皇室权威，宫廷歌人柿本的吉野赞歌之类的作品也应运而生。

原文： 天皇の雷岳に御遊びたまひし時に、柿本朝臣人麻呂の作りし歌一首

大君は 神にしませば 天雲の 雷の上に 廬りせるかも （3・235）

译文： 天皇御游雷岳之时，柿本朝臣人麻吕作歌一首

天皇本是神，早住云霄上，今又上云雷，筑庐营卧帐。（3・235）

赏析： 这首歌是持统天皇前往雷岳时柿本人麻吕创作的。雷岳，自古以来被视为神岳。歌颂了吾皇为神，原住云霄已是地位尊贵，如今更是在云雷之上筑造神殿，其威严更甚。在天武天皇强有力的推动下，日本建立律令制国家。新的体制给人以新的希望。歌圣人麻吕的这首歌赞颂皇威浩荡，气势磅礴，充满了生命力和号召力。

2. 近江废都——人生无常

近江，即琵琶湖。历代皇居多在大和，天智天皇则远在近江湖畔建营宫殿"大津宫"。壬申之乱以后，天武天皇迁都于飞鸟，近江沦为废都。天武九年（681）左右，柿本人麻吕过此地作歌，缅怀古都，叹人生无常。

原文： 近江の荒都に過りし時に、柿本朝臣人麻呂の作りし歌

玉だすき 畝傍の山の 橿原の ひじりの御代ゆ〈或は云ふ「宮ゆ」〉 生れましし 神のことごと つがの木の いやつぎつぎに 天の下 知らしめしし を〈或は云ふ「めしける」〉 天にみつ 大和を置きて あをによし 奈良山を越え 〈或は云ふ「そらみつ 大和を置き あをによし 奈良山越えて」〉 いかさまに 思ほしめせか〈或は云ふ「思ほしけめか」〉 天ざかる 鄙にはあれど いはばしる 近江の国の 楽浪の 大津の宮に 天の下 知らしめしけむ 天皇の 神の命の 大宮は ここと聞けども 大殿は ここと言へども 春草の 繁く生ひたる 霞立ち 春日の霧れる〈或は云ふ「霞立ち 春日か霧れる 夏草

か しげくなりぬる」〉 ももしきの 大宮所 見れば悲しも〈或は云ふ「見れ ばさぶしも」〉 （1・29）

译文：过近江废都时柿本朝臣人麻吕作歌

自古橿原宫，地近亩火山，代代生皇子，一统天地间，
竟舍大和去，更越奈良山，迁到淡海岸，偏鄙为何迁，
人谓迁到地，近江大津宫，天皇统天下，曾住此宫中，
宫殿今何在，但见蒿与蓬，春草已茂生，春霞云朦胧，
宫殿空遗址，悲叹对长空。（1・29）

反歌

原文：楽浪の 志賀の唐崎 幸くあれど 大宮人の 船待ちかねつ （1・30）

译文：志贺辛崎港，涟漪似昔年，岸边虽待久，不见官人船。（1・30）

原文：楽浪の 志賀の〈一に云ふ「比良の」〉 大わだ 淀むとも 昔の人 に またも逢はめやも〈一に云ふ「逢はむと思へや」〉 （1・31）

译文：志贺微波水，洄流大曲边，昔时人不见，欲见也徒然。（1・31）

赏析：这一首是柿本人麻吕最早的一首长歌。作品中多用枕词，辞藻富丽，格律整齐，气氛庄重。长歌首先描述了历代神皇平治天下，回忆了天智天皇曾来到近江营建大津宫，后哀叹如今宫廷废址虽春草芃芃、春野茫茫，却好不心伤的悲凉。反歌中描写了辛崎港的湖岸波纹细细、微波涟漪，但却不见故人。用自然的美景与繁荣衬托了不见宫人的萧条，物是人非，徒增凄凉。这种将自然的繁荣和人类的衰亡加以对比是柿本的独创手法。一般赞歌的吟诵方法是将自然与人类二者的繁荣紧密相连，而柿本则将繁荣和衰亡加以对比，以乐景衬哀情，形成了强烈的反差，后逐渐将这一创作方法运用于挽歌中。

原文：柿本朝臣人麻吕の、近江国より上り来たりし時に、宇治河の辺に 至りて作りし歌一首

もののふの 八十宇治川の 網代木に いさよふ波の 行くへ知らずも （3・264）

译文：柿本朝臣人麻吕从近江国上来时，至宇治河边作歌一首

宇治河中断，拦腰有木篱，穿篱水四出，前路知何之。（3・264）

赏析：首句为"河川"的常用枕词。"八十"为众多之意，并非定数。数

不清的臣子，流不断的河水。浪逝不知所往，暗含佛教的无常思想。此歌中柿本目睹近江故都之荒废，来此兴无常之感慨。

原文： 巻向の 山辺とよみて 行く水の 水沫のごとし 世の人我は

（7・1269）

译文： 流水响潺潺，流经卷向山，人间如水沫，吾亦在人间。（7・1269）

赏析： 这首和歌出自《柿本朝臣人麻吕歌集》。歌咏了人生如泡沫，变幻无常。第264首用川浪象征人生无常，这一首用泡沫喻人生，充斥了无力感与悲哀感，皆体现了柿本的无常观。

原文： 天ざかる 鄙の長道ゆ 恋ひ来れば 明石の門より 大和島見ゆ

（3・255）

译文： 悠悠行远路，恋恋此归来，明石门前望，大和眼底回。（3・255）

赏析： 这是羁旅歌八首中的一首，吟诵于归京的途中。大和，指故乡，也指妻子待我归来的地方。歌中的"思恋"把抽象的思乡具体为思念家乡的妻子。这种思念家人、思念妻子，逐渐成为万叶时代羁旅歌的基本模式，衍生出许多类似诗歌，如68、3608等。这首歌不仅在万叶时代被世人传颂，亦收录于《新古今和歌集》中，受到后世的推崇。

原文： 柿本朝臣人麻吕の歌一首

近江の海 夕波千鳥 汝が鳴けば 心もしのに 古思ほゆ（3・266）

译文： 柿本朝臣人麻吕歌一首

淡海波涛阔，夕阳千鸟鸣，汝鸣心绪动，思古起幽情。（3・266）

赏析： 这一首也是怀念近江朝繁盛古夕之作。黄昏落日，翻涌的波涛被余晖晕染，海天一色，千鸟齐鸣，歌人的视觉、听觉俱为雄壮开阔的美景所摄，心潮澎湃，溢满怀古的悲情。

3.《自石见晋京别妻歌》——时代的音符

柿本人麻吕的作品多样化地呈现了这个时代。在律令体制逐步完备的情况下，中央官僚到地方赴任已经司空见惯。名作《自石见晋京别妻歌》中，他直面这一社会问题，用重叠的词句和起伏跌宕的旋律，表现与妻子离别时激荡不安的心情。作品反映了时代的思潮和风俗，开拓了和歌的无限可能性。

原文：柿本朝臣人麻呂の、石見国より妻を別れて上り来たりし時の歌二首〈并せて短歌〉

石見の海 角の浦廻を 浦なしと 人こそ見らめ 潟なしと〈一に云ふ「磯なしと」〉 人こそ見らめ よしゑやし 浦はなくとも よしゑやし 潟は〈一に云ふ「磯は」〉なくとも いさなとり 海辺をさして にきたづの 荒磯の上に か青く生ふる 玉藻沖つ藻 朝はふる 風こそ寄せめ 夕はふる 波こそ来寄れ 波のむた か寄りかく寄る 玉藻なす 寄り寝し妹を〈一に云ふ「はしきよし 妹が手本を」〉 露霜の 置きてし来れば この道の 八十隈ごとに 万度 かへり見すれど いや遠に 里は離りぬ いや高に 山も越え来ぬ 夏草の 思ひしなえて 偲ふらむ 妹が門見む なびけこの山（2・131）

译文：柿本朝臣人麻吕从石见国别妻上来时歌二首并短歌

石见海角旁，无浦又无湾，无湾又无浦，他人不足观，
虽则也无浦，虽则也无湾，海边渡津处，荒凉却有滩，
滩上生青藻，海中长青藻，朝风阵阵吹，夕浪随风扫，
风浪袭来时，海藻东西倒，海藻如寝妹，吾妹形枯槁，
别妹到此来，仆仆行远道，道中千万折，回头每懊恼，
离乡日以远，越山日以高，吾妹依门望，思我多忧劳，
吾欲望家门，此山应速逃。（2・131）

原文：反歌二首

石見のや 高角山の 木の間より 我が振る袖を 妹見つらむか（2・132）
笹の葉は み山もさやに さやげども 我は妹思ふ 別れ来ぬれば（2・133）

译文：反歌

石见高角山，山树有空间，我在摇衣袖，妹能望我颜。（2・132）
山风吹竹叶，乱发杂然声，吾已别吾妹，专心念妹情。（2・133）

赏析：这一系列《自石见晋京别妻歌》共有三组，皆是由长歌和反歌组成，分别是131—134、135—137、138—139，主题是与恋人离别的伤感与思念，是柿本人麻吕的代表作之一。石见国大致相当于今岛根县的西半部一带地区。

长歌首先描述了妻子居住地的风物，后用海藻比喻女子之柔顺，表达了对阿妹的怜爱之情，描绘了二人相依缱绻、共寝缠绵，最后歌咏了别妹后的相思

苦、离别哀、妹凋零、盼重逢的迫切心情。叙事性效果强烈，感情层层增强。

反歌中兼顾听觉与视觉的效果，山风中嘈杂零乱的细竹意象与诗人寂寞感伤的情绪相呼应，达到情感共鸣。两首反歌在时间上和距离上有先后远近的安排，先是描写在高角山上回首的瞬间，然后叙述山路上孤独的旅程，痛苦与留恋的心情也由弱至强、淋漓尽致地呈现出来。

这三组和歌的共同主题是"摇衣袖"和"阿妹依门望"。前者是离别歌的传统主题，后者是望乡歌的传统主题。柿本人麻吕将二者相结合，挥洒出这一组气势磅礴的别妻诗。

文化： 作者仕东宫舍人17年，历仕草壁、高市、轻三太子，晚出为国司。国司，郡吏之总称。根据律令制，每年11月1日为京师官会之期。诸国国司上京，向中央申报地方政治成绩。

古代习俗中，挥袖是一种咒术。送行惜别时，扬起衣袖，意味着呼唤阿妹的灵魂，祈祷再会。如果阿妹看见其挥袖，那么，两人的再会将得以实现。

4. 月倾

原文： 東の 野にかぎろひの 立つ見えて かへり見すれば 月傾きぬ
（1·48）

译文： 东野曙光现，东方露彩霞，回头西向望，月已向西斜。（1·48）

赏析： 这首万叶短歌的名作曾多次出现在日本小学课本中。东方曙光乍现，彩霞漫天，回首西望，一轮弯月斜挂天际，生动地描述了"旭日东升，月儿西倾"的美景。"月倾"表示月过中天，斜挂西空。自人麻吕起，这一诗语深受欢迎并被加以传承。"月倾"这一表达在《万叶集》中还有6例如下。

原文： 月に寄せき
君に恋ひ しなえうらぶれ 我が居れば 秋風吹きて 月傾きぬ（10·2298）

译文： 君恋我心苦，恋君我意柔，秋风吹不断，斜月正多愁。（10·2298）

原文： 真袖もち 床打ち払ひ 君待つと 居りし間に 月傾きぬ（11·2667）

译文： 挥袖将床拂，待君此夜情，待君时已久，月渐向斜倾。（11·2667）

原文： かくだにも 妹を待ちなむ さ夜ふけて 出で来し月の 傾くまでに

（11·2820）

译文：等阿妹，夜渐深；月升东天，直到向西沉。（11·2820）（赵乐甡译）

原文：山のはに 月傾けば いざりする 海人の灯火 沖になづさふ
（15·3623）

译文：山端月已斜，海上去浮家，此刻打鱼去，渔人兴正奢。（15·3623）

原文：ぬばたまの 夜はふけぬらし 玉くしげ 二上山に 月傾きぬ
（15·3955）

右の一首、史生土師宿祢道良

译文：沉沉黑夜，似至深更；二上山巅处，月已西倾。

上一首，史生土师宿祢道良。（15·3955）（赵乐甡译）

原文：秋風に 今か今かと 紐解きて うら待ち居るに 月傾きぬ
（20·4311）

右、大伴宿祢家持独り天漢を仰ぎて作る。

译文：正值秋风起，只今解纽时，心中期待久，岁月以云迟。（20·4311）

上，大伴宿祢家持独仰天汉作之。

文化：神龟年间，在圣武天皇的倡导下，汉诗文风行朝野。《续日本纪》记载，神龟三年（726），天皇令群臣作诗作赋。当时献上诗赋者多达112人。第一部汉诗集《怀风藻》中收录一例"月斜"。我国初唐以前的诗歌中，对月言倾言斜的例子俯拾皆是。因此，学界指出，"月倾"这一来自中国诗歌的文学表达，伴随圣武朝汉诗文的隆盛，首先出现在日本汉诗中，随后由一些通晓汉文者引入和歌，继而得到普通歌人的喜爱和模仿。

四　高市黑人：羁旅歌圣、抒情先驱

　　高市黑人生卒年不详，8世纪前半期的歌人，是侍奉持统、文武两朝的下级官人。《万叶集》中收录其羁旅短歌18首。虽然高市歌作量少且类型单一，但其开创了不安和忧郁的抒情歌境，不仅在万叶叙景歌中独树一帜，对近代文学也有一定的影响。

　　当时，随着官僚机构的扩大，到地方赴任的官员增加，交流也变得频繁，

这导致了像高市一样的羁旅歌人的产生。高市喜欢吟咏自然，作品全部作于旅途中，其足迹除了大和之外，还遍布山城、近江、摄津到尾张、三河、越中各国。

高市的作品形象鲜明、歌调高扬，被称为山部赤人的先驱。他的风格亦不同于柿本人麻吕。人麻吕的羁旅歌歌咏了人在旅途思念故土以及故乡的妻子。而高市仿佛是一个孤独的旅人，倾向于表现主观的咏叹，歌咏着离去的孤舟、远去的飞鸟，寄托了漂泊感和源自人内心深处的不安。下面介绍其代表作。

原文：いづくにか 船泊てすらむ 安礼の崎 漕ぎたみ行きし 棚なし小舟（1·58）

右の一首、高市連黒人

译文：安礼崎边水，小舟上下游，只今波浪阔，何处可停舟。（1·58）

上一首，高市连黑人

赏析：这一首吟诵了无蓬的小船巡回于安礼崎边，无处可停，从视线中渐渐消失，歌人的隐忧蕴藏其中。这一首凝聚了高市的写作特色。第一是他关注于逐渐逝去的事物。如"无蓬的小船"便是高市善用的意象，渺小的、无依靠的小舟象征着四下漂泊的歌人自己。其二是"巡回"一词所传递的不安。无边无际的海面、波涛汹涌的浪花，无一不暗示着随波逐流的动荡不安。

高市创作了著名的羁旅八首（270～277），这里赏析其中的两首。

原文：桜田へ 鶴鳴き渡る 年魚市潟 潮干にけらし 鶴鳴き渡る（3·271）

译文：鹤鸣飞往樱田，年鱼市潟，潮水似退干；鹤鸣飞往樱田。（3·271）

（赵乐甡译）

原文：磯の崎 漕ぎ廻み行けば 近江の海 八十の港に 鵠さはに鳴く（3·273）

译文：船绕矶崎行，琵琶湖水平，近江八十凑，鹄鸟多齐鸣。（3·273）

赏析：高市以鹤鸣为中心，描绘了群鹤飞翔于蔚蓝的天空和湛蓝的大海之间的优美景象，天空和大海是宽广无际的平面，宁静柔和，群鹤是一条水平其间的线，鸣声悦耳，整个画面生动而富线条美，让人涌起一种莫名的感动。通过叙事性的文体，塑造了旅途景物鲜明的形象。诗人多用疑问、推测等句法来表达怀古、漂泊的感伤情绪。

五　志贵皇子

志贵皇子是天智天皇的第七皇子，也是万叶歌人汤原王的父亲。虽然作品只有 6 首短歌，但节奏明快、流丽清新、纤细优美。部分作品寓意深刻，富有智慧。在此介绍 3 首脍炙人口的佳作。

原文：明日香宮より藤原宮に遷居りし後に、志貴皇子の御作りたまひし歌

采女の　袖吹き返す　明日香風　京を遠み　いたづらに吹く（1·51）

译文：从明日香宫迁居藤原宫之后，志贵皇子御作歌

故宫宫女神，曾有风吹时，明日香风远，望都空尔吹。（1·51）

赏析：在壬申之乱中，大海人皇子取得胜利。在飞鸟净御原宫即位后，持统八年（694）京都迁往藤原京。这首歌是在京都迁徙后、志贵皇子访问旧都明日香宫时所吟诵。站在古都，一片荒芜。过去的繁华已逝，飘扬着华丽衣袖的采女也不见身影，唯有明日香风至今依旧吹拂着这片土地。歌中充满了荒凉与虚无，亦是志贵皇子的代表作之一。

文化：采女，即宫中供奉馔膳之女。出身地方豪族，郡少领以上者之姊妹或女儿。

原文：慶雲三年丙午、難波宮に幸したまひし時に、志貴皇子の御作りたまひし歌

葦辺行く　鴨の羽がひに　霜降りて　寒き夕は　大和し思ほゆ（1·64）

译文：庆云三年丙午幸于难波宫时，志贵皇子御作歌

苇边来往鸭，羽翼有霜垂，霜落严寒夕，大和入梦思。（1·64）

赏析：这首和歌是庆云三年（706），文武天皇在难波宫行幸时，从驾的志贵皇子思念京都而吟诵的。在遥远的难波之地，日暮霜落，芦苇鸭飞，作者触景生情，思念远在大和的妻子。

《万叶集》的思乡诗多用自然与动植物意象。风雨海浪反映了人们对大自然之威的敬畏和恐惧，雾反映了人们对归乡的心切和无可奈何，动物如鸣鹤、飞鸭则反映了思念妻子的孤独，简明质朴地抒发内心的寂寞与凄凉之情。

原文： 志贵皇子の懽びの御歌一首

いしばしる 垂水の上の さわらびの 萌え出づる春に なりにけるかも

（8・1418）

译文： 志贵皇子欢御歌一首

清泉流石上，薇蕨已萌芽，不觉春来矣，东风出百花。（8・1418）

赏析： 这首歌是卷八开头诗歌，是志贵皇子吟诵的一首脍炙人口的和歌。卷八以后是《万叶集》中的第二部，收录了四季的杂歌和相闻歌。

这首歌欢唱瀑布激岩石，嫩蕨发新芽，春已到来，东风吹拂，百花竞发。从这首歌中可以感受到纯粹的春天到来的喜悦之心。万叶时代的人们会用自然的千姿百态来表现内心的世界。这首和歌恰是如此，让读者感到自然的生气、心灵的雀跃。

💡 **思考题**

1. 万叶和歌第二期的主要特点是什么？
2. 歌圣柿本朝臣人麻吕的主要贡献是什么？
3. 高市黑人的歌作特点是什么？

律令制安定期的和歌——第三期（710—733）

第三期始于和铜三年（710），止于天平五年（733）。第二期与第三期的分界点在于710年的奈良迁都。都城迁至奈良，是万叶史上的重大事件，在日本政治上、社会上、文化上都有重大意义。此外，柿本人麻吕于奈良迁都前离世。和歌在创作上也发生了重大变化。因此，迁都奈良为划分万叶前后期的标志性节点。

第三期前后24年间，日本完成了几个国家层面上的壮举。首先是完成《古事记》《日本书纪》两部史书的编纂。其次是完善《养老律令》的编修，同时推进地方志《风土记》的编纂。另外，最重要的是在各个领域更加大规模地引进大唐文化，形成了璀璨的天平文化。

这一时期歌人辈出，其自我意识觉醒，形成了个性鲜明的和歌境界。例如，山部赤人擅长自然咏，创造了清新的咏景诗；山上忆良痛诉人间疾苦，歌咏了贫穷、苦难等社会百态；此外，旅人和忆良将各自的汉诗文素养应用于和歌中，创造出部分虚构性的作品，形成了第三期的特色。高桥虫麻吕详细鲜活地在和歌中再现了说话、传说等作品。此外，笠金村、车持千年、沙弥满誓、小野老、大伴坂上郎女等著名歌人皆活跃于此时期。这一时期，随着都市化的进展，歌人确立了自然的观赏性，在作品中加深了抒情。另一方面，叙景歌也急速发展，形成了多样化的歌风。

一　山部赤人：叙景歌的完成者

山部赤人生卒年未详，宫廷歌人，作为下级官人侍奉圣武天皇，在《万叶集》中留下了长歌 13 首和短歌 37 首。在显宗、仁贤两位天皇受难时代，山部氏由于侍奉皇族的功绩，被赐予山部连的姓氏，是以管理山林等为职业的地方豪族，于 683 年（天武天皇十二年）改姓为宿祢。

赤人长于吟咏自然，歌风清澄，行幸从驾之作很多，对句技巧出色，作为叙景歌的完成者而为世人所周知。他擅长将感情寄托于景物，客观平白地叙述。他留下了吟诵富士山的长歌这一佳作和赞美古京明日香的"朝雲に　鶴は乱れ　夕霧に　かはづは騒く"（朝云鹤乱飞，夕雾蛙乱鸣）的优美对句。

在漫长的和歌史上，叙景歌所处地位崇高。所以赤人以及本时期在和歌史上也意义重大。《古今和歌集》的序中将赤人与人麻吕并称为王朝和歌的源头。

1. 代表作——望富士山之歌

原文： 山部宿祢赤人の不尽山を望みし歌一首〈并せて短歌〉

天地の　分れし時ゆ　神さびて　高く貴き　駿河なる　富士の高嶺を　天の原　振り放け見れば　渡る日の　影も隠らひ　照る月の　光も見えず　白雲も　い行きはばかり　時じくそ　雪は降りける　語り継ぎ　言ひ継ぎ行かむ　富士の高嶺は（3・317）

译文： 山部宿祢赤人望不尽山歌一首并短歌

天地初分时，即有富士山，神山在骏河，高贵不可攀，

翘首望天空，丽日为遮颜，月夜月光照，月亦隐山间，

白云不敢行，常降雪而还，传语后世人，勿忘富士山。（3・317）

原文： 反歌

田子の浦ゆ　うち出でて見れば　ま白にそ　富士の高嶺に　雪は降りける（3・318）

译文： 反歌

出得田儿浦，遥看富士山，雪飘高岭上，一片白银般。（3・318）

赏析：这首既是赤人的代表作，亦是吟诵富士的佳作。开篇诵出富士山的庄严神圣，皓日、皎月、白云皆不竞其华，唯有白雪皑皑，诵其高洁。最后表达了愿永世传颂这不尽之高岳的意旨。通篇意境高旷，词句优美。

反歌中的田儿浦是沿海的名胜之地，作为歌枕，赞歌不绝。这首短歌里，山水同框，诗中有画，清新隽永。此歌后被收入《小仓百人一首》，广为流传。

文化：不尽山，即富士山，亦作不二山，发音皆相同。富士山是日本最高的活火山。日本人崇尚富士山由来已久，此歌是最古老的一首。

2. 叙景歌佳作——鹤姿

原文：若の浦に　潮満ち来れば　潟をなみ　葦辺をさして　鶴鳴き渡る（6・919）

译文：若浦潮水满，潮干卤水无，水边芦苇茂，不断鹤鸣呼。（6・919）

赏析：这首叙景歌的代表作一直以来颇受好评。描绘了若浦满潮之时，鹤鸣叫着飞过苇丛的美景，饱含赤人对鹤的生态习性的熟知与喜爱之情。如画般的风景让读者在寂静中感受到生命的颤动。作为文艺作品，此歌达成了美的和谐。

文化：若浦，即和歌浦。《续日本纪》载文曰：登山望海，此间最好，不劳远行，足以游览。

3. 吉野赞歌

原文：山部宿祢赤人の作りし歌二首〈并せて短歌〉

やすみしし　わご大君の　高知らす　吉野の宮は　たたなづく　青垣隠り　川なみの　清き河内そ　春へには　花咲きををり　秋へには　霧立ち渡る　その山の　いやますますに　この川の　絶ゆることなく　ももしきの　大宮人は　常に通はむ（6・923）

译文：山部宿弥赤人作歌二首并短歌

大王圣驾到，芳野此离宫，青山如墙隐，河上有清风，

春来花盛开，秋至雾蒙蒙，青山益益多，河水永无穷，

京城大官人，往来常此通。（6・923）

原文： み吉野の　象山のまの　木末には　ここだも騒く　鳥の声かも（6·924）

译文： 三吉野中望，象山树木高，树梢群鸟集，几许鸟声骚。（6·924）

原文： ぬばたまの　夜のふけゆけば　久木生ふる　清き川原に　千鳥しば鳴く（6·925）

译文： 黑夜夜深矣，河原楸木生，清清河原上，千鸟数来鸣。（6·925）

赏析： 这首吉野行幸从驾歌首先描绘了吉野宫的自然景观，青山环绕、流水淙淙。"春来花盛开，秋至雾蒙蒙"，将春秋富有情趣的景观以整齐的对句形式呈现。最后，诗歌表达青山屹立、河水不息、宫人永远侍奉的赞美之情。

反歌 924 中描述了树梢中千鸟鸣的热闹景象，在静与动的结合中感受到生命的喜悦。反歌 925 在夜的静谧中，通过千鸟的鸣声捕捉到灵魂的孤独与悸动。这两首歌作将作者的诗魂与吉野清澈的自然完美地融合在一起，体现了赤人丰富的内心、温厚的个性，以及对自然敏锐的感受性，被视为万叶佳作。

作为吉野赞歌，诗歌侧重于山清水秀的自然景观描写。在客观的描述中体现独特的自然美，这是赤人的特色所在。诗人通过对宫廷盛世与和谐的山河风光的赞美，完成了新的宫廷赞歌的创造。

文化： 关于反歌 924，大正时代的著名歌人岛木赤彦评论如下："这一首歌意至简，且清澄优美，这与天地间的寂寥相吻合。说是喧闹反而孤独，说是千鸟鸣却更寂寞，这是因为歌意至纯，恰恰配合这一寂寞之感。"

赤人在这喧嚣的鸟鸣中寄托了生命的寂寥之感。在追求权力的政治斗争中，赤人被孤立在外。"人生的寂寥"正体现了这种生存于人世间的无力感，以及作为宫廷官僚的孤立感。因此，为了逃避追求权力的政治斗争世界，赤人放眼于自然，开辟了一个全新的境界。

二　大伴旅人：大陆风雅

大伴旅人卒于天平三年（731）7 月 25 日，享年 67 岁，是日本奈良时期的著名武将和歌人。据《续日本纪》记载，710 年大伴旅人 45 岁时为左将军，

718 年为中纳言，720 年担任征隼人持节将军，镇压少数民族隼人，立下战功。728 年左右来到九州，出任大宰帅。这是镇守边陲的要职，身兼军事、外交、行政重任。730 年 12 月升至大纳言返京，次年升至从二位，同年 7 月去世。

《万叶集》中收录了旅人的和歌 70 余首，除一首长歌之外，其余均为短歌。《怀风藻》中收录汉诗一首。旅人只有一组作品（卷 3·315·316）作于神龟元年（724）暮春、随从圣武天皇吉野行幸之时，其余作品均作于大宰府赴任之后。因此，可以说旅人的作品几乎都是晚年四年间所作。

旅人的作品主要分为三个类型。一是赠予他人的赠答歌。二是构思奇特、内容特殊的诗作。三是自由歌咏的作品，开辟了独自的境界，主要包括对亡妻的追慕和对宁乐、飞鸟等故都的思念，以及对衰老的悲悯哀叹。

旅人歌风的特点是直白中蕴含着优美的情调，开辟了风流清雅的境界，并内含寂寥与忧愁的格调，在淡淡的短歌旋律中，寄托着自己的郁悒和哀伤，沁人心脾。

1. 世间无常

原文： 大宰帥大伴卿、凶問に報ふる歌一首

禍故重畳し、凶問累集す。永く崩心の悲しびを懐き、独り断腸の涙を流す。ただし、両君の大き助けに依りて、傾ける命をわづかに継ぐのみ。〔筆の言を尽くさぬは、古に今に嘆く所なり。〕

世間は 空しきものと 知る時し いよよますます 悲しかりけり（5·793）

神亀五年六月二十三日

译文： 太宰帅大伴卿报凶问歌一首（并序）

祸故重叠，凶问累集，永怀崩心之悲，独流断肠之泣，但依两君大助，倾命才继耳。笔不尽言，古今所叹。

世上徒纷扰，红尘万事空，已知虚幻后，愈益似悲鸿。（5·793）

神亀五年六月二十三日

赏析： 这首和歌作于 728 年，大伴旅人出任大宰帅后，过半年遭受了丧妻之痛，时年 64 岁。京中有人写信吊唁，这是他的答歌。在这首和歌中，旅人表达了即使悟得世间万物皆空，即使可以理解痛失爱妻也是世之无常，但是仍

然徒劳，悲伤日益剧增。最后一句"愈益悲鸿"，使人体会到冷风吹过的孤寂。率真的情感告白、刻骨铭心的悲叹无一不让人动容。此歌之后，旅人又数次作歌以追慕亡妻。

2. 望乡

原文： 浅茅原 つばらつばらに 物思へば 古りにし里し 思ほゆるかも

（3·333）

译文： 何事伤心事，忧劳辗转思，令人徒惘惘，思念故乡时。（3·333）

原文： 大宰帥大伴卿の、冬の日に雪を見て、京を憶ひし歌一首

沫雪の ほどろほどろに 降り敷けば 奈良の都し 思ほゆるかも

（8·1639）

译文： 大宰帅大伴卿冬日见雪忆京歌一首

纷纷飘白雪，雪片满天空，举首平城望，京师在念中（8·1639）

赏析： 大伴旅人于神龟五年（728）赴任大宰府，驻守边境。旅人独在异乡，举目大雪纷飞，于一片苍茫中遥望京师，诗歌中满载着羁旅的孤独与失落、归京的强烈愿望、对故土的眷恋以及对重返"盛年"的渴望。

文化：《万叶集》中望乡歌的"故乡"不仅包括现在的京城，有的也指代"古京"（旧都），即"已经荒废的旧都"或是诗人曾经居住过的都城。樱井好朗指出，"这里的'故乡'虽然并非诗人的出生地，但这是彼时天皇、朝廷的中枢所在地，是诗人为官生涯的原点"。因此，"望京""奈良""宁乐""平城京"这一类词屡次作为思乡意象出现于在思乡诗中。

3. 叹老

原文： 帥大伴卿の歌五首

わが盛り またをちめやも ほとほとに 奈良の都を 見ずかなりなむ

（3·331）

译文： 帅大伴卿歌五首

难做盛时梦，青春岂再荣，穷边衰老尽，不见奈良城。（3·331）

原文： わが盛り いたくくたちぬ 雲に飛ぶ 薬食むとも またをちめやも

（5·847）

译文：盛年难再至，衰老总堪哀，纵食飞云药，青春岂再来。（5·847）

原文：雲に飛ぶ 薬食むよは 都見ば いやしき我が身 またをちぬべし

（5·848）

译文：飞云药已食，又得见京城，不肖虽卑贱，青春竟再生。（5·848）

赏析：这几首都表达了作者盛年已逝、青春难再、对衰老无法抗拒的悲哀。后两首表达了作者遥想飞天的仙药、期待返老还童的心愿。

4.《赞酒歌十三首》（3·338-350）

《赞酒歌十三首》是《万叶集》中备受瞩目的一组作品，学界公认这是接受了老庄思想而作。

原文：大宰帥大伴卿の、酒を讃めし歌十三首

験なき ものを思はずは 一坏の 濁れる酒を 飲むべくあるらし（3·338）

译文：大宰帅大伴卿赞酒歌十三首

世上无聊事，如何反复思，一杯浊酒在，痛饮甘如饴。（3·338）

赏析：忧思无益，不如饮浊酒一杯。"浊酒"一词见于《文选》。此处可以看出旅人深谙汉文典籍，并在歌中用典。

原文：酒の名を 聖と負せし 古の 大き聖の 言の宜しさ（3·339）

译文：酒名唤圣贤，圣贤颂酒好，古圣有前言，斯言真可宝。（3·339）

赏析：酒有圣名，古昔圣人所言极是。这一首出典《三国志·魏志·徐邈传》。魏太祖《禁酒令》出，人窃饮之，难以言酒，遂以白酒为贤，清酒为圣。

原文：古の 七の賢しき 人たちも 欲りせしものは 酒にしあるらし

（3·340）

译文：古有七贤人，七贤为好友，七贤欲者何，所欲唯醇酒。（3·340）

赏析：竹林七贤，所欲唯酒。引七贤为例，唱出心中向往，既是对醇酒的喜爱也是对七贤友情的赞美。

原文：賢しみと 物言ふよりは 酒飲みて 酔ひ泣きするし 優りたるらし

（3·341）

译文：自作聪明状，高谈阔论多，不如饮美酒，醉哭在颜酡。（3·341）

赏析：旅人唾弃自诩贤明者，与其夸夸其谈，不如醉泣涕零。

原文：言はむすべ せむすべ知らず 極まりて 貴きものは 酒にしあるらし（3·342）

译文：欲言已无辞，欲行无所知，人间尊贵事，只有酒杯持。（3·342）

赏析：强调珍贵之物，非酒莫属。

原文：なかなかに 人とあらずは 酒壺に なりにてしかも 酒に染みなむ（3·343）

译文：不得为人杰，吾宁作酒壶，腹中长有酒，酒浸透肌肤。（3·343）

赏析：诗人直言若不为英杰，宁为酒壶。既体现了他要为人杰的豪迈决心，同时也流露了他对于酒的喜爱之情。酒壶的典故来自三国时吴国大夫郑泉的故事，他嗜酒如命，留下遗言，死后愿被埋葬在窑场边，化为陶土，变为酒壶。

原文：あな醜 賢しらをすと 酒飲まぬ 人をよく見ば 猿にかも似る（3·344）

译文：故作贤良状，丑容不可言，人而不饮酒，只见似猴猿。（3·344）

赏析：有酒不饮，貌似猴儿。再次贬低故作贤良之态。

原文：価なき 宝といふとも 一坏の 濁れる酒に あにまさめやも（3·345）

译文：世间无价宝，也有增烦恼，何似酒盈樽，一杯浊酒好。（3·345）

赏析：无价之宝竟然不及浊酒一壶，既是对于酒的赞美也是对好功名财宝之人的讽刺。

原文：夜光る 玉といふとも 酒飲みて 心を遣るに あにしかめやも（3·346）

译文：纵有夜光玉，其如苦恼何，不如饮美酒，调情遣兴多。（3·346）

赏析：夜光宝珠，亦不如饮酒怡情，其间蕴含了歌人视财宝名物于无物的豁达通透。

原文：世間の 遊びの道に たのしきは 酔ひ泣きするに あるべかるらし（3·347）

译文：世上优游道，无聊千万殊，其中只可乐，醉哭在穷途。（3·347）

赏析：人世间最开心的事莫属醉哭。

原文：この世にし 楽しくあらば 来む世には 虫に鳥にも 我はなりなむ（3・348）

译文：今生能享乐，来世岂相关，即使为虫鸟，吾将视等闲。（3・348）

赏析：此生当乐，来世任之。即使饮酒触犯佛教五戒、堕畜生道，也等闲视之。及时行乐的思想蕴含其间。

原文：生まるれば 遂ひにも死ぬる ものにあれば この世なる間は 楽しくをあらな（3・349）

译文：生者终将死，死来哪可知，今生在世上，不乐待何时。（3・349）

赏析：人生必有生死，行乐须及时。诗人讴歌现世，追求享受刹那间的欢乐，体现了自我意识的觉醒。

原文：もだ居りて 賢しらするは 酒飲みて 酔ひ泣きするに なほしかずけり（3・350）

译文：故作贤良状，默然一腐儒，何如饮美酒，醉哭步兵厨。（3・350）

赏析：最后一首引用阮籍"醉饮步兵厨"的典故，再次强调与其故作贤良，不如酣醉哭泣。

这一组歌是大伴旅人的代表作，无论从思想性还是艺术性方面来衡量，都被认为是他的最高成就。13首诗作为一个整体，组歌的结构大体是完整的。由一首为序，依次每三首为一组，共四组构成一个统一体。

这组赞酒歌发出了人生最高快乐不如酣醉而泣的感慨。作品中反复嘲讽贤良，宣扬醉泣，成为这个这组和歌的主题思想。作品不仅反映了大伴旅人对竹林七贤的"任诞"人生哲学的推崇和向往，还折射出佛教无常观、老庄道家思想等浓厚的中国传统文化思想。

三 山上忆良：社会诗人

山上忆良（660—733），奈良时代的官人、《万叶集》的五大代表性歌人之一，度过了74载的漫长一生。《续日本纪》记载，大宝元年（701）山上忆良任遣

唐少录，时年42岁。少录相当于书记员。忆良任此职务证明其通晓大陆文化。702年，粟田朝臣真人任遣唐大使，率领第七批遣唐使入唐。粟田氏是效忠于皇室的家族，担任外交职位，山上氏为其支族。因此，忆良从青年时代便具备相关的学问和教养。庆云元年（704）归朝。这次渡唐对他的人生产生了决定性的影响。他开始关注人生以及社会问题，具有深厚的儒家思想。

和铜七年（714）忆良任职从五位下。因为出身寒门，之后的职位长期没有变动。神龟三年（726）左右任筑前国守。在这里邂逅大伴旅人，二人共建"筑紫歌坛"。两位诗人受到了汉诗文和佛典的影响，开辟了独特的和歌世界。

《万叶集》中共收录其作品72首，其中，长歌10首、短歌61首、旋头歌1首。山上忆良编著了《类聚歌林》，但没有现存。忆良作品的主题别有特色，并没有歌咏自然或爱情，而是着眼于社会的苦痛，咏叹生老病死和人生的苦恼，愤慨于社会贫富的悬殊和苛捐重税对平民的压迫，深切地吐露对家人真挚的思念。《反惑情之歌》《思子之歌》《哀世间难住》（卷5）这三部作品，开拓了以汉文为序、与和歌有机结合的崭新形式。《贫穷问答歌》以两个穷人对话的形式，悲悯在律令体制重压之下的民众以及自己寒门出身、被门阀式制度所阻碍的命运。忆良的作品特色在于直面人生、直面社会问题，极具现实性与时代性，吟唱了作为知识分子的自负和苦恼，极大地扩展了和歌世界的领域。

1. 遣唐使者

702年，山上忆良在唐朝创作了这首和歌。

原文：山上臣憶良、大唐に在る時に、本郷を憶ひて作る歌

いざ子ども 早く日本へ 大伴の 三津の浜松 待ち恋ひぬらむ （1·63）

译文：山上臣忆良在大唐时，忆本乡歌

诸公归日本，早作故乡人，遥想御津岸，滨松待恋频。（1·63）

赏析：御津，即难波津，西海航路的基地，遣唐使到达的港口。在日语中，"松"与"待"是同音，因此常一同使用，表达了望眼欲穿的等待思念之情。

此外，这首和歌中"日本"这一表记备受瞩目。一般认为，"日本"成为正式的国号是从大宝律令开始的。据《新唐书·日本传》记载，当时的遣唐使曾向唐朝传达了这一消息。西安出土的井真成墓志是唐朝时使用"日本"最确

切的记载（734 年）。作为"日本"这一新国号下的第一批遣唐使者，山上忆良于 702 年入唐，庆云元年（704）7 月归国，深谙佛教儒教经典。不难理解忆良在和歌中使用"日本"这一表达时的自豪心情。而大伴旅人在大宰府与山上忆良的交流中，很自然地接受了"日本"一词，从而有意识地歌咏大和王权。例如下面这一首。

原文：帥大伴卿の和せし歌一首

やすみしし　我が大君の　食す国は　大和もここも　同じとぞ思ふ（6・956）

译文：帅大伴卿和歌一首

食国皆天下，大王统万邦，大和与此处，同念世无双。（6・956）

文化：山上忆良作为遣唐使少录随团，在唐两年。与山上忆良同时入唐的僧人辨正将在异国的苦恼和对家乡的思念吟诵为汉诗，收录于日本汉诗集《怀风藻》之中。

"在唐忆本乡"

日边瞻日本，云里望云端，

远游劳远国，长恨苦长安。

704 年，山上忆良回国，辨正与唐朝女人结婚，终生留在长安。

2. 思子歌

原文：子等を思ひし歌一首〈并せて序〉

釈迦如来、金口に正しく「等しく衆生を思ふこと、羅睺羅の如し」と説きたまひ、また「愛すること子に過ぐることなし」と説きたまひき。至極の大聖すら、尚し子を愛する心有り。況や、世間の蒼生、誰か子を愛せざらめや。

瓜食めば　子ども思ほゆ　栗食めば　まして偲はゆ　いづくより　来りしものそ　まなかひに　もとなかかりて　安眠しなさぬ（5・802）

译文：思子等歌一首并序

释迦如来，金口正说，等思众生，如罗睺罗。又说，爱无过子，至极大圣，尚有爱子之心，况乎世间苍生，谁不爱子乎。

食瓜思子等，食栗仍在思，何来前生缘，眼前悬影垂。思子不能寐，不寐

将何为。（5·802）

原文： 銀も金も玉も 何せむに 優れる宝 子にしかめやも（5·803）

译文： 金银与宝玉，何物是家珍，唯有吾家子，珍贵世无伦。（5·803）

赏析： 诗序中"罗睺罗"是释迦出家前生的儿子。《最胜王经》中有"我爱子""我所爱子""我最小所爱之子"等用语。

第802首咏叹了食瓜思吾子，食栗益相思。孩子总是浮现在我眼前，让我无法安眠。歌人以小及大，以自身的爱子之心再推及世间苍生，饱含温情与哲思。

第803首亦是山上忆良的名句。无论金银宝玉都无法与孩子相比，孩子是世上最珍贵的宝物。这朴素、明快的写实手法能唤起天下父母的共情。作品有强烈的感染力，为后世所传诵。

原文： すべもなく 苦しくあれば 出で走り 去ななと思へど 此らに障りぬ（5·899）

译文： 逃苦伤无术，常思走出家，转思儿等在，遂觉路途遮。（5·899）

原文： 倭文たまき 数にもあらぬ 身にはあれど 千年にもがと 思ほゆるかも（5·903）

译文： 此身无命数，身在也常贫，却欲千年在，虽然老病身。（5·903）

赏析： 这两首出自《山上臣忆良老身重病经年辛苦，及思儿等歌一首并短歌》。作者在长歌中哀叹了老迈的身躯又染上疾病，就如同伤口撒盐，如同羸马负重。疾病缠身，悲叹不已，想索性死去，但却难舍嘤嘤啜泣的孩子，心如烈火在燃烧。

反歌第899首表达了诗人不堪忍受痛苦，渴望离家出走，却有孩子们牵挂于心的矛盾心情。第903首吟诵了虽然寿数无几，却想长生千年的心愿。整组作品表达了作为父母，在身老病重之际，对孩子们深切的牵挂和不舍之情。

原文： 若ければ 道行き知らじ 賂はせむ 下への使ひ 負ひて通らせ（5·905）

译文： 吾儿仍幼稚，道路尚难明，献币黄泉使，负儿路上行。（5·905）

原文： 布施置きて 我は乞ひ祷む あざむかず 直に率行きて 天路知らしめ（5·906）

译文：此地布施在，祈求我不欺，请将儿率去，天路告儿之。（5·906）

赏析：这两首出自《恋男子名古日歌一首并短歌》。题目中的"恋"字表示追悼，作品吟诵了孩子夭折后，父母撕心裂肺的悲痛之情。长歌中首先歌颂了孩子胜过世间所有珍宝，描述了伴其成长的快乐。突然天有不测风云，父母措手不及，向天神祈祷，向地神叩拜，竭力祈求吾儿平安，却仍不能挽回的痛楚。虽有父子缘，却要白发人送别黑发人，这首和歌中凝聚了父母的泪和痛。

两首反歌中父母敬献布施祈祷，愿神灵能为吾儿指引天路，令闻者泪目。

文化：《万叶集》中吟诵父母对子女的爱的和歌数量较少。除山上忆良的作品之外，还可见于防人歌中。这是因为万叶时代的婚姻关系是走婚制，因此家族意识比较淡薄。所以我们只能通过忆良的歌体会深沉厚重的父母爱。

3. 贫穷问答歌

原文：貧窮問答の歌一首〈并せて短歌〉

風交じり 雨降る夜の 雨交じり 雪降る夜は すべもなく 寒くしあれば 堅塩を 取りつづしろひ 糟湯酒 うちすすろひて しはぶかひ 鼻びしびしに 然とあらぬ ひげ掻き撫でて 我を除きて 人はあらじと 誇ろへど 寒くしあれば 麻衾 引き被り 布肩衣 ありのことごと 着襲へども 寒き夜すらを 我よりも 貧しき人の 父母は 飢ゑ寒ゆらむ 妻子どもは 乞ひて泣くらむ この時は いかにしつつか 汝が世は渡る

天地は 広しといへど 我がためは 狭くやなりぬる 日月は 明しといへど 我がためは 照りや給はぬ 人皆か 我のみや然る わくらばに 人とはあるを 人並に 我もなれるを 綿もなき 布肩衣の 海松のごと わわけ下れる かかふのみ 肩にうち掛け 伏廬の 曲廬の内に 直土に 藁解き敷きて 父母は 枕の方に 妻子どもは 足の方に 囲み居て 憂へ吟ひ かまどには 火気吹き立てず 甑には 蜘蛛の巣かきて 飯炊く ことも忘れて ぬえ鳥の のどよひ居るに いとのきて 短き物を 端切ると 言へるがごとく しもと取る 里長が 声は 寝屋処まで 来立ち呼ばひぬ かくばかり すべなきものか 世の中の道

（5·892）

译文：贫穷问答歌一首并短歌

子夜风兼雨，子夜雨兼雪，御寒终乏术，黑盐取已噬，

更饮糟糠酒，咳嗽兼喷嚏，然而不自量，抚须自夸说，

天下除吾外，无人若我慧，值兹寒气来，只有麻衣被，

所有布肩衣，尽着身上矣，较我更穷人，寒夜如何济，

父母饥且寒，妻子求且泣，试问当此时，如何度斯世？

以上贫问

天地虽云广，为我却云狭，日月虽曰明，照我却无法，

人皆如此苦，抑我独其然，邂逅而为人，与人应并肩，

衣破如海松，肩衣布无绵，褴褛已如此，犹在肩上悬，

泥土铺稻草，室庐低又小，父母卧枕边，妻子随脚绕，

围居伴我眠，忧吟直达晓，灶上无火气，甑中蛛网牢，

岂是忘饭炊，呻吟空哭号，短物被斩截，漏船遇波涛，

里长携棍来，门前怒声高，怒呼无术答，世间无路逃。

以上穷答

原文：世の中を 憂しとやさしと 思へども 飛び立ちかねつ 鳥にしあら ねば（5・893）

山上憶良頓首謹上す。

译文：世间忧且耻，欲去究安归，不是能飞鸟，何能到处飞。（5・893）

山上忆良顿首谨上。

赏析：这一首不仅是山上忆良的代表作，也是《万叶集》中成就最高的杰作之一。作为描写社会的唯一名篇，此歌被视为和歌史上的瑰宝。题材别开生面，前半问后半答，作者采用贫穷者对话的形式，将庶民的贫困生活诉诸朝廷。

"贫问"部分以一个穷苦书生的口吻，诉说食不饱腹、衣不御寒的困境。诗的前四句，用"风雨交加""杂雪纷飞"来反复渲染凄风冷雨的气氛，使人开篇就感觉到一股逼人的寒意，不由也为诗中的叙述者担忧——"怎耐此夕寒？"

"御寒终乏术，黑盐取已噬，更饮糟糠酒，咳嗽兼喷嚏。"这两组对句刻画出一个病弱的读书人，在漫漫寒夜之中，独坐灯下，以粗盐下酒。一为聊以取暖，二为借酒浇愁。岂不知借酒浇愁愁更愁，不过借助酒精的麻醉作用，一

时间飘然物外，自我陶醉一番罢了。诗人用"天下除吾外，无人若我慧"一句，形象地勾勒出一个怀才不遇的文人形象。这与唐代大诗人李白在《将进酒》诗中所描绘的"天生我材必有用""千金散尽还复来"的狂客形象不谋而合。然而现实毕竟是残酷的，即或有千般抱负，万般雄心，也无法抵御这寒冷的长夜。无奈之下只能将所有御寒的衣物都裹在身上，却仍然无济于事。由此及彼，这位读书人想到了比他更贫苦的人，以"如何度斯世"道出了这一严肃的社会问题。

"穷答"部分，以一个农民的口吻，悲愤地控诉了苛捐杂税给人们带来的深重苦难。诗人描写一个被生活逼迫得走投无路的农民，面对苍天，顿足捶胸，发出了"莫非大家都这般，还是独我这么糟"的悲怆之声。他生为农民，每日辛勤劳作，到头来仍然是衣衫褴褛。诗人用罩着蛛网的甑和冰冷的炉灶来暗喻这户人家炊断粮绝已非一日，一家妻儿老小奄奄一息，只能躺在地上等待死亡的降临。即使到了这种地步，"里长携棍来，门前怒声高"，里长手执棍棒，气势汹汹地催讨田税钱。这位农民无助地哀叹道：怒呼无术答，世间无路逃。

在反歌中，诗人向往能像飞鸟一样，逃离这个烦苦不堪的人世。

山上忆良在这首著名长歌中，以深切的同情描写了劳动人民的悲惨生活处境，揭露了统治阶级和劳动人民之间贫富悬殊的社会矛盾。这首诗是唯一直接反映古代律令制国家统治下人民遭受横征暴敛之苦的诗篇。

文化：山上忆良的作品交织着人生的苦闷和贫困的苦楚。他着眼处于社会底层的人们，注目于贫困的悬殊和横征暴敛的世态。这在和歌史上是罕见的。

4. 直面心灵

原文：聊かに私懐を布べし歌三首

天離る 鄙に五年 住まひつつ 都のてぶり 忘らえにけり （5·880）

译文：聊布私怀歌三首

独住边城久，于今已五年，京师风俗美，不忘有谁怜。（5·880）

原文：かくのみや 息づきをらむ あらたまの 来経行く年の 限り知らずて （5·881）

译文：久住久如斯，安居空尔为，往来经过久，年限也难知。（5·881）

原文：我が主の み霊賜ひて 春さらば 奈良の都に 召上げたまはね

（5・882）

　　天平二年十二月六日に、筑前国司山上憶良謹みて上る。

　　译文： 吾主英灵在，应蒙锡赐荣，来春蒙召见，遂上奈良京。（5・882）

　　天平二年十二月六日、筑前国司山上忆良谨上。

　　赏析： 山上忆良向大伴旅人陈述个人感想之歌，直抒胸臆，吟诵了任期满后能调回京城的渴望。第一首吟诵了在远乡居住五年，逐渐忘记京城的习俗。接着叹息岁月来又去，不知归期。最后一首表达了祈求主公，蒙恩垂怜，明年春到，召还奈良的心愿。

　　忆良时年 71 岁，以此高龄仍驻边疆，不禁让人悲悯。作者率真地表述自己的内心，直抒归还都城的恳切心愿，体现了其性情笃实沉稳。

5.《好去好来歌》

　　原文： 好去好来の歌一首＜反歌二首＞

　　神代より　言ひ伝て来らく　そらみつ　大和の国は　皇神の　厳しき国　言霊の　幸はふ国と　語り継ぎ　言ひ継がひけり　今の世の　人もことごと　目の前に　見たり知りたり　人さはに　満ちてはあれども　高光る　日の大朝廷　神ながら　愛での盛りに　天の下　奏したまひし　家の子と　選ひたまひて　勅旨〈反して、「大命」と云ふ〉　戴き持ちて　唐の　遠き境に　遣はされ　罷りいませ　海原の　辺にも沖にも　神留まり　うしはきいます　諸の　大御神たち　船の舳に〈反して、「ふなのへに」と云ふ〉　導きまをし　天地の　大御神たち　大和の　大国御魂　ひさかたの　天のみ空ゆ　天翔り　見渡したまひ　事終はり　帰らむ日には　また更に　大御神たち　船舳に　御手うち掛けて　墨縄を　延へたるごとく　あちかをし　値嘉の崎より　大伴の　御津の浜びに　直泊てに　み船は泊てむ　つつみなく　幸くいまして　はや帰りませ（5・894）

　　译文： 好去好来歌一首并短歌

　　太古从神代，有言世代传，天空见倭国，皇神治国贤，

　　此国真幸福，人语相继联，至今后世人，见之在眼前，

　　人才满朝廷，圣上若神明，光辉照大地，垂爱选子卿，

　　子卿世家子，祖上天下名，选卿赐圣旨，遣君大唐行，

大唐道路远，难忍别离情，海边于海上，处处有御神，

诸般大御神，导船路可循，天地大御神，倭国大御神，

飞翔在天空，观此海上巡，事毕还朝日，更烦大御神，

手扶大船樯，归如绳直伸，自从智可岬，直到大伴津，

船回大和国，直泊御津滨，御船祝无恙，早归慰国人。（5·894）

原文：反歌

大伴の 御津の松原 かき掃きて 我立ち待たむ はや帰りませ（5·895）

译文：反歌

大伴御津畔，松原扫地迎，吾将来立待，愿早上归程。（5·895）

原文：難波津に み船泊てぬと 聞こえ来ば 紐解き放けて 立ち走りせむ
（5·896）

天平五年三月一日、良の宅に対面し、献ること三日なり。山上憶良謹み
て大唐使卿記室に上る。

译文：闻道难波津，尊船泊海滨，衣常虽结纽，疾走竟无伦。（5·896）

天平五年三月一日，良宅对面，献三日。山上忆良谨上大唐大使卿记室。

赏析：公元732年，多治比广成作为第九次遣唐大使出发之际，已近暮年
的山上忆良为其作平安祈祷歌，先歌颂国家尊贵悠久的传承、圣明的君主和济
济人才，然后描写遣唐使出使的意义和艰辛，最后为其祈祷，出使途中遍布神
灵，相信通过神灵的护佑，多治比广成必将完成大任，平安归国。歌中指出的
遣唐路径是南路，经过长崎口外的值嘉岛入唐。

文化："海上御神"是指统治海域的神灵，即住吉大神。遣唐使的四艘船
头部都设有住吉大神的祭坛。"天地大御神"指守护国土的天神地祇。"倭国
大御神"大和的大国御魂神，亦是守护国土的精灵，现在为天理市新泉大和神
社的祭神。在大和朝廷将伊势神宫的祭神作为主神祭祀之前，大和国一直祭祀
自己的氏神。

6. 辞世歌

原文：山上臣憶良の沈痾せし時の歌一首

士やも 空しくあるべき 万代に 語り継ぐべき 名は立てずして（6·978）

右の一首、山上憶良臣の沈痾せし時に、藤原朝臣八束、河辺朝臣東人を使はして疾む所の状を問はしむ。ここに於て、憶良臣報へ語ること已に畢り、頃有りて、涕を拭ひて悲しみ嘆きてこの歌を口吟せしものなり。

译文： 山上臣忆良沉痾之时歌一首

士生空一世，至死未留名，应有高勋业，相传万代声。（6·978）

右一首，山上忆良臣沉痾之时，藤原朝臣八束使河边朝臣东人令问所疾之状。于是忆良辰报语已毕，有须拭涕悲叹，口吟此歌。

赏析： 这首歌作于733年，被视为忆良的辞世之歌，象征了忆良的一生所求。丈夫虚度此生，不立于名，不传于史，不万于祀。对忆良来说，立得功名、流传万代便是毕生所求。

忆良直面人生的悲喜，哀叹老去与病苦，率直地表达了对生的渴望，对死的恐惧。忆良高尚的思想情操和作品扎根社会这一鲜明的特性使其在万叶时代独放异彩。

四 高桥虫麻吕：抒写传说故事

高桥虫麻吕以抒写旅行感受和传说故事而闻名，尤其传说歌在诗集中独具异彩。著有私人歌集《高桥虫麻吕之歌集》。《万叶集》中收录了其长歌14首、短歌19首、旋头歌1首，共计34首。其为《常陆风土记》编纂者之一。

高桥虫麻吕最擅长叙事歌，作品主要取材于民间故事。例如，浦岛子传说、上总末珠名娘子、葛饰真间少女、菟原处女等。他深受汉文学的影响，善用传说故事等罕见的素材，通过富有想象力和色彩感的细腻描写，以生动的语言塑造出栩栩如生的人物形象，表现出了唯美的浪漫倾向。歌风特点是以叙事性的方式平铺直叙，夹叙夹议，描写细腻生动，被称为叙事歌人、传说歌人。

1. 浦岛传说

原文： 水江の浦の島子を詠みし一首〈并せて短歌〉

春の日の 霞める時に 墨吉の 岸に出で居て 釣船の とをらふ見れば

古の ことそ思ほゆる 水江の 浦の島子が 鰹釣り 鯛釣り誇り 七日まで 家
にも来ずて 海坂を 過ぎて漕ぎ行くに わたつみの 神の娘子に たまさか
に い漕ぎ向かひ 相とぶらひ 言成りしかば かき結び 常世に至り わたつみ
の 神の宮の 内の重の 妙なる殿に 携はり 二人入り居て 老いもせず 死に
もせずして 永き世に ありけるものを 世の中の 愚か人の 我妹子に 告りて
語らく しましくは 家に帰りて 父母に 事も語らひ 明日のごと 我は来なむ
と 言ひければ 妹が言へらく 常世辺に また帰り来て 今のごと 逢はむとな
らば このくしげ 開くなゆめと そこらくに 堅めしことを 墨吉に 帰り来た
りて 家見れど 家も見かねて 里見れど 里も見かねて 怪しみと そこに思は
く 家ゆ出でて 三歳の間に 垣もなく 家失せめやと この箱を 開きて見てば
もとのごと 家はあらむと 玉くしげ 少し開くに 白雲の 箱より出でて 常世
辺に たなびきぬれば 立ち走り 叫び袖振り こいまろび 足ずりしつつ たち
まちに 心消失せぬ 若かりし 肌も皺みぬ 黒かりし 髪も白けぬ ゆなゆなは
息さへ絶えて 後つひに 命死にける 水江の 浦の島子が 家所見ゆ (9・1740)
　　反歌
　常世辺に 住むべきものを 剣大刀 己が心から おそやこの君 (9・1741)
译文：咏水江浦岛子并短歌
春日呈霞彩，来到墨吉滨。钓舟飘摇过，传说动人心。
水江有渔夫，人称浦岛郎。钓鲣复钓鲷，乘兴捕鱼忙。
一连七日过，不曾返家乡。更行出海界，邂逅一女郎。
女本海神姬，言谈情意长。愿结夫妻缘，双双赴仙乡。
海神内宫至，携手入殿堂。从此二人住，不老亦不亡。
世世代代过，永久相依傍。愚人浦岛子，对妻把话讲：
　"须臾归故里，事告我爹娘。今日省亲毕，翌即还水乡。"
妻子把话答，叮嘱勿遗忘："若有夫妻意，归来如以往。
万勿开箱箧，重逢副所望。"叮嘱复叮嘱，牢记在心房。
浦岛如所愿，归来至澄江。思家不见家，望乡不见乡。
百思结奇惑，不能解疑肠。离别仅三载，竟至失家乡？
且开此箱箧，故里当如常。稍启玉箧盖，白云出小箱。

缕缕升腾处，缭绕向仙乡。张皇又失措，奔跑叫喊忙。

跌倒复爬起，拂袖顿足嚷。忽如神志失，昏倒在一旁。

青春肌肤皱，黑发白如霜。终于气息绝，呜呼一命亡。

水江遗迹在，浦岛子家乡。（9·1740）

反歌

本应安住仙乡，福寿享；却萌此心意，愚哉，浦岛郎。（9·1741）（赵乐甡译）

赏析： 浦岛传说是日本著名的神婚传说故事，家喻户晓。这是浦岛文学系统中最古老的版本。住吉海岸被视为海神居住的地方。日本被大海环绕，所以将浦岛子传说设定在此可见其寓意深刻。另外，女主人公被设定为"海神之女"，这也体现了日本人的海洋崇拜。

在这首和歌中，浦岛子的最终命运终究是死去。这和后来的《日本书纪》和《丹后风土记》中浦岛子的命运大不相同。

《日本书纪》卷第十四 雄略天皇："秋七月，丹波国馀社郡管川人水江浦岛子乘舟而钓，遂得大龟。便化为女。于是，浦岛子感以为妇，相逐入海。到蓬莱山，历睹仙众。"

《日本书纪》中的浦岛子与一女子相会，并被带到了蓬莱山。这和《万叶集》中的描写有所不同。可以从几个方面看出其受到了中国神仙思想的影响。

一是浦岛子被女子带到的地方变成了"蓬莱山"。"蓬莱"在中国文献中是一个能够带来永世幸福、人类无法到达的仙境，也就是仙人们居住的地方。《日本书纪》中的蓬莱山聚集了众多仙人，从这一点上我们也不难看出浦岛子传说受到的中国道教思想的影响。

二是文中的"历睹众仙"中的"众仙"，顾名思义指的是"神仙思想"中的仙人。

三是女主人公变身为龟的女儿。这也是神仙思想的影响。"蓬莱"是神仙思想的代名词，"龟"又是"蓬莱山"的支撑物，是"蓬莱山"的基础。关于这一点，严绍璗教授指出："将主人公设定为'龟之女'，这表明浦岛子传说中的心理崇拜意识由'海洋崇拜'向'龟崇拜'转移"。同时，"龟崇拜"也是神仙思想的一大特点。

文化："常世之国"是古代日本人信仰的不老不死、永恒不变的理想之境，最早出现在《古事记》的神话中。

图 4-1　浦岛物语绘卷

2.《菟原处女墓歌》

原文：菟原処女の墓を見し歌一首〈并せて短歌〉

葦屋の　菟原処女の　八歳子の　片生ひの時ゆ　小放りに　髪たくまでに　並び居る　家にも見えず　虚木綿の　隠りて居れば　見てしかと　いぶせむ時の　垣ほなす　人のとふ時　千沼壮士　菟原壮士の　伏せ屋焚き　すすし競ひ　相よばひ　しける時には　焼き大刀の　手かみ押しねり　白真弓　靫取り負ひて　水に入り　火にも入らむと　立ち向かひ　競ひし時に　我妹子が　母に語らく　倭文たまき　賤しき我が故　ますらをの　争ふ見れば　生けりとも　逢ふべくあれや　ししくしろ　黄泉に待たむと　隠り沼の　下延へ置きて　うち嘆き　妹が去ぬれば　千沼壮士　その夜夢に見　取り続き　追ひ行きければ　後れたる　菟原壮士い　天仰ぎ　叫びおらび　足ずりし　きかみたけびて　もころ男に　負けてはあらじと　かけ佩きの　小大刀取り佩き　ところづら　尋め行きければ　親族どち　い行き集ひ　永き代に　標にせむと　遠き代に　語り継がむと　処女墓　中に造り置き　壮士墓　このもかのもに　造り置ける　故縁聞きて　知らねども　新喪のごとも　音泣きつるかも（9・1809）

译文：见菟原处女墓歌一首并短歌

苇屋菟原地，昔有美女郎，生年才八岁，分发学梳妆，

青丝垂两肩，隐居在闺房，邻人不得见，窥者如环墙，

中有二壮士，壮士属何方，茅渟壮士勇，菟原壮士强，

二士相竞争，求女做新娘，一持大刀柄，一把白弓张，

赴汤且蹈火，争胜欲为王，阿女语阿母，语重但心长，

只为妾身做，男儿动刀枪，生世难相见，相待九泉旁，

女乃出门去，悲嗟上北邙，茅渟此壮士，是夜入梦乡，

梦见女郎死，醒来亦自亡，菟原彼壮士，闻之泪千行，

仰天长哭号，伏地动牙床，身为男儿汉，不负此昂藏，

取下腰间剑，寻女亦自戕，亲族谋合葬，永世免相忘，

致今后世人，代代话悲伤，两旁列壮士，女墓居中央，

三墓相邻近，朝夕好相望，我闻事已古，感动如新丧，

哭之重洒泪，不觉湿衣裳。（9·1809）

原文： 反歌

葦屋の　菟原処女の　奥つ城を　行き来と見れば　音のみし泣かゆ

（9·1810）

译文： 反歌

苇屋菟原地，荒坟处女眠，我今来谒见，痛哭泪如泉。（9·1810）

原文： 墓の上の　木の枝なびけり　聞きしごと　千沼壮士にし　依りにけら

しも（9·1811）

右の五首、高橋連虫麻呂の歌集の中に出づ。

译文： 墓上树枝荣，横斜一面倾，茅渟壮士勇，对彼太多情。（9·1811）

上五首，《高桥虫麻吕之歌集》中出。

赏析： 苇屋菟原处女是一个远近闻名的美少女，茅渟壮士和菟原壮士同时爱上了她，她左右为难，无法同时嫁给二人悲伤而死。茅渟壮士从梦中知晓少女已死，也随之自尽。菟原壮士闻讯后仰天悲恸而死。人们把他们的坟墓分别建在处女墓的两侧。

"生年才八岁"交代了少女的年龄。"青丝垂两肩，隐居在闺房"，读者可从诗人若隐若现的笔端中，想象出一个深居闺中的娇媚少女形象，她乌黑发亮的长发披垂在肩上，温柔而又贤淑。"邻人不得见，窥者如环墙"，诗人细致地刻画了人们的微妙心理。有美女之名，却终日隐居，越发激起了人们的好奇心与想象力。"窥者如环墙"一句，是极传神之笔，既写了人们的爱美之心，

又由窥者心态烘托出闺中少女的美貌。这种写法神似中国汉乐府诗《陌上桑》中对秦罗敷之美的描写，不实写她的美，而是由路上行人的神态、动作来烘托。诗人进行的这番渲染，为情节的发展作了铺垫，引出了两壮士相争、兵戈相见的惊险场面。

诗人在此以茅淳壮上因梦中所示便自尽身亡，以菟原壮士大恸之下、拔剑自戕的壮举，表现他们对少女的爱之深、思之切。用亲属们将三人的坟墓相邻而葬，以使他们虽生难相见，死则朝夕相守，来表达人们对他们悲剧命运的同情和惋惜。

高桥虫麻吕以唯美的诗歌描述这一段动人心魄的爱情悲剧故事，充满传奇色彩，创造了一个感人至深的神话世界。

文化： 在古代日本，女性从小幽居在深闺，婚姻不能自主，在菟原一代还存在着抢婚的陋习。妇女就像一只任人宰割的羔羊，无法主宰自己命运。而男子则靠武力抢夺新娘，表现了当时人们的原始野性，娶妻不仅仅是为了寻求生活的伴侣，在某种程度上是为了彰显男性的强壮。因此才出现了诗中剑拔弩张、争胜为王的场面。

3. 咏富士山

原文： 富士の嶺に 降り置きし雪は 六月の 十五日に消ぬれば その夜降りけり（3・320）

译文： 富士山头雪，常年积不消，暑天消片刻，入夜又飞飘。（3・320）

原文： 富士の嶺を 高み恐み 天雲も い行きはばかり たなびくものを（3・321）

译文： 富士山头上，峰高插入天，天云飞到此，不敢再行前。（3・321）

赏析： 这是高桥虫麻吕歌咏富士山的名篇。长歌赞颂了富士山是镇国之神、立国之宝。这两首短歌歌颂了富士常年积雪之神圣，高耸云端之气派。

高桥虫麻吕以写爱情传说见长，而且多以悲剧为主题。以民间爱情故事为题材，刻画事件与人物细腻生动、感情真挚。他作为叙事抒情歌人，在古代传说的历史空间里尽情挥洒自己对和歌的热爱。

五　笠金村

生卒年不详，元正·圣武天皇（715–749）年间的宫廷歌人。其长歌的技法出色，挽歌的结构具有戏剧性，羁旅歌的形式富有美感。《万叶集》收录其作品长歌11首，短歌34首，著有《笠朝臣金村歌集》。元正·圣武天皇的行幸时的仪式和歌占半数。在这些歌中，像人麻吕那种神话般的悠久正在逐渐淡化，它们更多地歌颂时代的王朝泰平。灵龟一年（也有说法二年），他为施基（志贵）亲王吟诵的挽歌采用了对话的形式，表现出了别具一格的风格。行幸从驾歌的特点是形式、技巧凝练，大都是平板，缺乏独创性。但是，这种行幸从驾歌敏感地反映了当时宫廷人普遍的享乐态度和嗜好。因此，可以说笠金村是《万叶集》中最能体现宫廷风雅的歌人。

1. 行幸从驾歌

原文： 養老七年癸亥の夏五月、芳野離宮に幸したまひし時に、笠朝臣金村の作りし歌一首〈并せて短歌〉

滝の上の　三船の山に　みづ枝さし　しじに生ひたる　とがの木の　いや継ぎ継ぎに　万代に　かくし知らさむ　み吉野の　秋津の宮は　神からか　貴くあるらむ　国からか　見が欲しからむ　山川を　清みさやけみ　うべし神代ゆ　定めけらしも（6・907）

译文： 养老七年癸亥夏五月幸于芳野离宫时笠朝臣金村作歌一首并短歌

泷上御舟山，瑞枝生且繁，生生继万代，芳野赞人言，秋津有王官，神贵两无伦，离宫建此国，皆欲见国门，山川多清洁，自古留至尊。（6・907）

原文： 年のはに　かくも見てしか　み吉野の　清き河内の　激つ白波（6・908）

译文： 年年三吉野，朝拜愿来过，河内清清水，翻然起白波。（6・908）

原文： 山高み　白木綿花に　落ち激つ　滝の河内は　見れど飽かぬかも（6・909）

译文： 山高流水落，飞滚似棉花，河内看难足，为欢岂有涯。（6・909）

赏析：笠金村为元正女帝创作了许多礼仪歌。这一组是最能体现金村风格的佳作。907 称颂王朝的连绵不绝和生生不息，赞美吉野宫无与伦比的神威与尊贵。但是，与人麻吕最大的不同之处在于：人麻吕将天皇称为现人神，但笠金村的这首和歌里没有这种神话要素，而是作为臣民，将吉野宫的巍峨形象歌唱出来，将普通人的视角带入了礼仪歌的世界。908、909 都是"土地赞美"要素很强的和歌。作者盛赞了吉野的清水、白浪、高山、激流，大和如此美景，内心涌起永远赏不够的自豪之情。

2. 送别歌

原文：天平五年癸酉の春閏三月、笠朝臣金村の、入唐使に贈りし歌一首
〈并せて短歌〉

玉だすき かけぬ時なく 息の緒に 我が思ふ君は うつせみの 世の人なれば 大君の 命恐み 夕されば 鶴が妻呼ぶ 難波潟 三津の崎より 大船に ま梶しじ貫き 白波の 高き荒海を 島伝ひ い別れ行かば 留まれる 我は幣引き 斎ひつつ 君をば待らむ 早帰りませ（8・1453）

译文：天平五年癸酉春闰三月，笠朝臣金村赠入唐使歌一首并短歌

不时不悬念，由衷我念公，生为浮世人，君命惶恐中，

此夕公将去，难波鹤唤妻，从彼难波港，出发三津崎，

大船多双橹，白浪涌波涛，船行各岛间，荒海逐浪高，

公今离别去，我则此遗留，吾将献币帛，斋戒不曾休，

待公早还朝，早日上归舟。（8・1453）

原文：波の上ゆ 見ゆる小島の 雲隠り あな息づかし 相別れなば（8・1454）

译文：自今离别后，气结不能言，波上观儿岛，白云岛上翻。（8・1454）

原文：たまきはる 命に向かひ 恋ひむゆは 君がみ舟の 梶柄にもが（8・1455）

译文：恋公情不已，输命自无妨，更愿作船橹，随公到远方。（8・1455）

赏析：公元 733 年，多治比广成作为第九批遣唐使赴长安，735 年归。山上忆良以好去好来歌（894-896）送别。这是笠金村吟诵的一组送别歌。

1453第一句"每时每刻,倾注生命思恋吾兄（息の緒に 我が思ふ君は）",这里模仿女性口吻,仿佛送别丈夫的妻子,深刻表达了对遣唐使者们的依依不舍以及期盼他们早日归来的迫切。"难波港,黄昏鹤呼伴侣",再次用鹤象征了夫妻情义。这一通过水鸟表达夫妻恩爱的方式与中国文学相似。中国文学中最早可以追溯到《诗经·周南》的"关关雎鸠,在河之洲"。此诗的主旨虽是表达对友人的眷恋之情,但是却是通过鹤这种爱情意象来表达的。

"告别一座座海岛,我用币帛祝福",源于上代的币斋被禳思想。出行前,向神祈祷,献上币帛,以求消除旅途灾殃。

1454中的"云隐"一词生动地描绘了船只犹如浪涛里的小岛,渐渐隐没云中,看不见身影,意境旷达。仿佛在一张小小的画幅上,包容着无数的波涛云涌,有看不尽的风光,深切表达了离别的感伤。1455愿化为船桨,与你同舟共济。这三首和歌描绘了一幅意境开阔、情丝不绝的送别画。歌人即景生情,寓情于景,既表达了浓浓的感伤,又有最真挚的祝福,含义隽永,韵味无穷。

💡 思考题

1. 万叶和歌第三期的主要特点是什么?
2. 万叶第三期涌现出哪些代表性诗人?
3. 如何理解大伴旅人的"赞酒歌十三首"?
4. 山上忆良的作品特色是什么?

万叶和歌史的终结——第四期（733—759）

　　万叶第四期，天平文化绚烂繁荣，圣武天皇下诏营造东大寺，举行大佛开光仪式，这是一个辉煌的年代。在政治上，上层社会的政权争夺也逐渐激烈，皇权继承者再三更迭，使得人心动荡、人们神经变得细腻敏锐。

　　本期的歌人们在受到辉煌璀璨的文化之风熏陶的同时，也感受到政治的重压，歌风也变得柔美。这一期的歌作不如第二期柿本人麻吕的强韧，亦不如第三期作品的范围广泛。这种纤细柔弱的美正是都会文化成熟的产物。成熟期的歌人偏好浓艳的美。第四期代表歌人大伴家持的作品展现出前所未有的色彩丰富的浓烈美。他将自然之景与优柔之情交融辉映，以茫然的忧郁和绚丽的风景交织成一幅幅清新绮丽的诗篇。

　　此外，防人歌与东歌大体上都是第四期所作。虽然不同于主流歌风，但它们真实地承载了民众的生活，表达了民众的心声，因此也是万叶时代的瑰宝。

一　大伴坂上郎女

　　大伴坂上郎女是万叶天平时期的代表性女歌人，大伴旅人的异母妹。初嫁穗积皇子，穗积殁后，先后改嫁藤原麻吕和异母兄长宿奈麻吕。宝贵的青春流

逝于短暂的爱情，无情的命运带来无尽的哀愁。作为女流歌人，郎女将其哀痛倾诉于和歌之中，使其作品大放异彩。

《万叶集》中共收录其作品84首，其中长歌6首、短歌77首、旋头歌1首。作为女性歌人作品数目最多，其文学成就常与额田王并论。坂上郎女作品素材广泛、内容多彩，恋歌尤为引人注目。这些恋歌吟诵了爱恋百态，或是不被人知的爱，或是无法实现的爱，或虚构，或抒情，皆是风雅之作。恋歌理性与技巧并存，社交色彩浓厚，又不乏细腻敏锐，哀婉动人，缱绻缠绵，开拓了细腻优美这一新的和歌境界。

1. 风雅

原文： 天皇に献りし歌一首［大伴坂上郎女、佐保の宅に在りて作りしものなり］

あしひきの　山にし居れば　風流なみ　我がするわざを　とがめたまふな（4・721）

译文： 献天皇歌一首

今来山里住，何处有风流，此刻吾为者，天恩莫见尤。（4・721）

赏析： 这是大伴坂上郎女于佐保旧宅为圣武天皇献歌。歌意为远离朝廷，身居山野，不解风流。而今所为，请勿责咎。由此可见，当时上流社会所流行的风雅是指对伦理以及美学意识等统一的规范。言行符合其评价标准，是为风雅。

2. 与夫藤原麻吕的赠答

原文： 京職藤原大夫の、大伴郎女に贈りし歌三首［卿は諱を麻呂といふ］

娘子らが　玉くしげなる　玉櫛の　神さびけむも　妹に逢はずあれば（4・522）

译文： 京职藤原大夫赐大伴郎女歌三首

少女有珠匣，梳妆匣子内，梳妆虽已多，至此难逢妹。（4・522）

原文： よく渡る　人は年にも　ありといふを　何時の間にそも　我が恋ひに

ける（4·523）

译文：有人能忍耐，相待只经年，我恋无穷尽，何时得两全。（4·523）

原文：蒸し衾　なごやが下に　臥せれども　妹とし寝ねば　肌し寒しも
（4·524）

译文：暖被温柔里，虽眠不得安，未同吾妹宿，肌骨也多寒。（4·524）

赏析：藤原麻吕是藤原不比等的第四子，官至参议兵部卿。737年没，终年43岁。三首吟诵了久不见伊人的苦苦思念之情。衾被虽暖，无妹同眠，尤觉肌寒。

原文：大伴郎女の和せし歌四首

佐保川の　小石踏み渡り　ぬばたまの　黒馬の来る夜は　年にもあらぬか
（4·525）

译文：大伴郎女和歌四首

佐保河中石，践之若渡船，夜来骑黑马，岂不似经年。（4·525）

原文：千鳥鳴く　佐保の川瀬の　さざれ波　止む時もなし　我が恋ふらくは
（4·526）

译文：佐保河中水，浪多千鸟鸣，波涛无止息，我恋也难平。（4·526）

原文：来むと言ふも　来ぬ時あるを　来じと言ふを　来むとは待たじ　来じと言ふものを（4·527）

译文：云来吾久待，也有不来时，不待不来矣，不来又待迟。（4·527）

原文：千鳥鳴く　佐保の川門の　瀬を広み　打橋渡す　汝が来と思へば
（4·528）

右の郎女は、佐保大納言卿の女なり。初め一品穂積皇子に嫁して、寵せらるること類ひなし。皇子の薨ぜし後時に、藤原麻呂大夫の郎女を娉ひしなり。郎女は坂上の里に家す。由よりて族氏号して坂上郎女と曰ひしなり。

译文：佐保河门阙，飞鸣千鸟回，浮桥良可渡，思汝即时来。（4·528）

郎女者，佐保大纳言卿之女也。初嫁一品穗积皇子，被宠无俦。而皇子薨之后时，藤原麻吕大夫聘之郎女焉。郎女，家于坂上里，仍族氏号曰坂上郎女也。

赏析：此时藤原麻吕27岁，郎女20岁左右。郎女的84首作品基本上都

是在赴大宰府之后所作。因此，这组歌是郎女早期的作品。四首连作从结构上来看，效仿汉诗绝句的起承转合写法，一气呵成，彰显出郎女的诗歌才华。

第525首郎骑黑马夜前来，企盼一年至少一见。接着吟诵了思恋犹如千鸟鸣、水波纹，一刻未曾停息。第527首笔锋一转，句句起自"来"字，所谓头韵，运用反复这一歌咏技巧，表达了无论你是否前来，我必将苦苦等待的强烈心情。当时的婚姻形态是一夫多妻，男子夜访女子家中，与其幽会。最后一首，描写了在千鸟啼鸣的佐保河畔，我必架桥等君来的决心，吟诵了对恋人深沉的思慕之情。这组和歌直抒胸臆，以娴熟的技巧描绘出了一个风情万种、多愁善感的闺妇形象，表达了强烈奔放的感情。

3. 母女情深

原文：恋ひ恋ひて 逢へる時だに 愛しき 言尽くしてよ 長くと思はば
（4·661）

译文：相恋时时久，长思得一逢，相逢难尽语，爱意已填胸。（4·661）

赏析：这是一首历久弥新、广为流传的佳作。女儿新婚出嫁时，大伴坂上郎女写给次女婿大伴骏河麻吕的："炽烈的情焰早已燃起，今日始得相逢。在这人生旅途上宝贵的时刻，你要尽意把蓄留心底的绵绵情爱，潺潺细密地向女儿倾吐无遗，须白头偕老地相爱相亲。"诗中体现了一位母亲的殷切心愿。

原文：うち渡す 武田の原に 鳴く鶴の 間なく時なし 我が恋ふらくは
（4·760）

译文：遥望竹田原，鹤鸣在九天，鸣时无间断，我恋亦同然。（4·760）

赏析：该首和歌是大伴坂上郎女赠给女儿坂上大娘的。歌咏了思念女儿的心情如同永不停息的鹤鸣，吟诵了母爱的无尽与绵长。

4. 抒情佳作

原文：ぬばたまの 夜霧の立ちて おほほしく 照れる月夜の 見れば悲しさ（6·982）

译文：夜雾起，银辉迷离；如此月夜，一见心悲戚。（6·982）（赵乐甡译）

赏析：夜雾迷蒙，清辉淡淡，月色虽美，却仍旧心生悲伤，表达的情感细

腻缠绵。郎女与汤原王都是歌风向纤细优美的新风过渡的代表。

原文：夏の野の　繁みに咲ける　姫百合の　知らえぬ恋は　苦しきものそ
（8·1500）

译文：夏野繁开者，鲜红百合花，花开人不见，单恋苦堪嗟。（8·1500）

赏析：这是坂上郎女思恋丈夫的和歌。她把无限情思寄托于百合花。夏天茂盛的原野里，悄然绽放着一朵俏丽的百合花，孤楚娇艳。这朵鲜红似火的百合就如同正处于热恋中的坂上郎女，娇美而热烈，却无人欣赏。这令人怜爱的形象，凸显出女人为爱情而心焦的凄楚。百合象征着作者内心的热恋，作者将恋爱的感觉物化。

原文：酒坏に　梅の花浮かべ　思ふどち　飲みての後は　散りぬともよし
（8·1656）

译文：但见酒杯里，梅花片片浮，相思相饮后，散去也无忧。（8·1656）

赏析：梅花飘落，荡漾杯盏，美酒的芳香中夹杂丝丝清冽梅香，畅饮后，便能散去相思，无忧亦无虑。在现代日本，赏花的情趣在于微风吹过樱花树，花瓣飞舞，飘落酒杯，开怀畅饮。万叶时代，提到赏花，即是梅花。因此，该歌吟诵了万叶时代的赏花风情。

坂上郎女的作品数量在万叶女性歌人中居首。作品的内容和素材丰富多彩，从相闻、挽歌到呈献歌、宴席上的吟咏等，表现出其丰富的才华和社会活动的广泛。歌风富有技巧性与社交性，善于表现细腻敏锐的感觉和心境。

二　汤原王

汤原王是天智天皇之孙、志贵皇子之子。宝龟元年（770），兄弟白壁王即位为光仁天皇，兄弟姐妹诸王子为亲王，因此被称为汤原亲王。史书上没有任官记载。《万叶集》里收录了其短歌19首，从时间排列来看，皆为天平初年——八年左右的作品。汤原王是天平前期的代表歌人之一，佳作颇多，抒情和歌中展现出纤细优美的歌风，在相闻赠答歌群中，还展现了即兴、机智的才能。在向以大伴家持为代表的天平歌风过渡期中，汤原王与大伴坂上郎女等一起开创

了这股新风，给家持带来了较大影响。

原文：汤原王の、芳野にして作りし歌一首

吉野なる　夏実の川の　川よどに　鴨そ鳴くなる　山陰にして（3·375）

译文：汤原王芳野作歌一首

吉野清幽地，人称夏实河，川流鸣鸭阵，山影纳凉多。（3·375）

赏析：芳野夏实河，碧潭映山影，水上鸭鸣酣。这一首和歌歌风优美婉约，展现出当时的新风。其祖父天智天皇作有（1·15）"洋洋海上，落日云彩，月光清明"。其父志贵皇子作有（1·51）"明日香风吹，才女袖翩翩"。月光、清风、鸭鸣，均有透明之感，歌风清澄。尤其是这一首，以听觉为主，描写细腻，野鸭的鸣叫令吉野的自然更加寂静。汤原王善用听觉吟诵和歌，以新鲜、纤细的感觉和温和、有品格的歌风为特色。

三　大伴家持

大伴家持作为万叶第四期的诗人代表，取得了令世人瞩目的文学成就。他生于养老二年（718）左右，卒于延历四年八月廿八（785 年 10 月 5 日），三十六歌仙之一。家持出身于武门名族大伴氏，官位为中纳言。祖父大伴安麻吕官位大纳言正三位，曾于壬申之乱协助大海人皇子（后天武天皇）获胜。天武天皇 13 年 12 月，赐姓"宿祢"。其父大伴旅人官位至大纳言，是第三期代表诗人。

他作有长歌 46 首、短歌 425 首（合作 1 首）、旋头歌（五七七·五七七形式的六句和歌）1 首、连歌 1 首（家持作后两句），共计 473 首，约占《万叶集》的一成，给日本诗歌史带来了巨大影响。家持的作品分布于《万叶集》卷 3、4、6、8、16 以及卷 17 ~ 20，是该歌集收录作品最多的诗人，因而也被认为是此书的编纂者。

大伴家持作为名门贵族后代，自幼耳濡目染中国文学之高雅，在其后来的创作生涯中一直积极地引入中国文学，将中国文学与日本风情完美地融为一体，形成了别具特色的诗篇。

1. 初月歌

原文： 大伴宿祢家持の初月の歌一首

振り放けて　三日月見れば　一目見し　人の眉引き　思ほゆるかも（6・994）

译文： 大伴宿弥家持初月歌一首

仰面见初月，见之转叹嗟，人眉惊若此，所念在天涯。（6・994）

赏析： 家持16岁作"初月歌"，这是家持有明确年代记载的第一首作品，作于天平五年。这首和歌描述了初恋情怀。在当时，月亮与恋情有着密切的关系。仰望三日新月，如同看到美人的弯弯细眉。这体现了诗人温柔细腻的情感，同时也显示出其在大宰府接受的早期教育。大伴坂上郎女也作有"初月歌"，家持或许是受其影响。

原文： 同じ坂上郎女の初月の歌一首

月立ちて　ただ三日月の　眉根掻き　日長く恋ひし　君に逢へるかも
（6・993）

译文： 同坂上郎女初月歌一首

月出初三日，眉间已可骚，长年恋意苦，今日与君遭。（6・993）

赏析： 和歌中描绘了月儿升、初三月如眉的美景。吟诵了女子骚弄眉间、期待与君会的相思之情。当时日本的俗信，骚弄眉毛就能与所爱的人相见。

2. 与众女的相闻歌

天平三年7月大伴旅人离世，家持时年14岁。旅人离世后，家持年纪轻轻便当上家主，不得不从年幼失去父亲的悲痛中振作，被迫成长、精神独立。天平六年，17岁的家持作为无位的内舍人侍奉宫中。这一身材修长、意气风发的翩翩贵公子受到女性们的热切关注。《万叶集》中赠与家持和歌的女性有20余名，作品分别收录于卷4、卷8。

原文： 中臣女郎の、大伴宿祢家持に贈りし歌五首

をみなへし　佐紀沢に生ふる　花かつみ　かつても知らぬ　恋もするかも
（4・675）

译文： 中臣女郎赠大伴宿祢家持歌五首

咲泽菰花发，从来不得知，此心思恋久，不识起何时。（4・675）

赏析：这是中臣女郎赠送大伴家持五首歌的其中一首，孤花早已盛开，我却未能察觉，正如我对你的思恋，热烈而又寂寞，可谓"情不知所起，一往而深"，真切地吟诵了相思比海深、一刻未曾停的单相思之苦。

原文：山口女王の、大伴宿祢家持に赠りし歌五首

葦辺より 满ち来る潮の いや增しに 思へか君が 忘れかねつる（4·617）

译文：山口女王赠大伴宿祢家持歌五首

潮水芦边至，盈盈灌四方，念君如此水，增益不能忘。（4·617）

赏析：这是山口女王赠送大伴家持五首歌的其中一首，如同芦苇丛中涨满潮水，心中的思念也日益蓬勃，难以忘记。家持是性情中人，感情丰富，率性而为。当爱情降临时激烈地燃烧，然而爱情之火焰燃尽时留下女人空哀泣。因此，山口女郎称家持为"相思はぬ人"（4·608、614、615），控诉了"君不思我"的痛不欲生。

原文：笠女郎、大伴宿祢家持に赠る歌二十四首

闇の夜に 鸣くなる鹤の 外のみに 闻きつつかあらむ 逢ふとはなしに（4·592）

译文：笠女郎赠大伴家持歌二十四首

夜黑遥鸣鹤，他方亦可闻，闻声惆怅甚，只是不逢君。（4·592）

原文：朝霧の おほに相见し 人ゆゑに 命死ぬべく 恋ひわたるかも（4·599）

译文：朦胧朝雾里，相见意中人，虽死终无恨，恋情太苦辛。（4·599）

原文：思ひにし 死にするものに あらませば 千度そわれは 死にかへらまし（4·603）

译文：若道相思苦，令人死去来，吾因思念故，死去应千回。（4·603）

赏析：笠女郎是最早与家持交往的女性，共赠家持29首和歌。这是笠女郎赠给家持的24首恋歌中的3首。第592首描述了暗夜里只能听到鹤的鸣叫，却见不到鹤的影子。表达了只能远远地听心上人消息的感伤之情。后两首吟诵了坚贞不渝的爱情、望穿秋水的殷切恋意，动人心魄。

在中国古典诗文中，鹤是忠贞爱情的代表，夜鹤因思念伴侣而鸣。例如，南北朝沈约的《夕行闻夜鹤》。

"闻夜鹤，夜鹤叫南池。对此孤明月，临风振羽仪。伊吾人之菲薄，无赋命之天爵。抱局促之长怀，随春冬而哀乐。愍海上之惊凫，伤云间之离鹤。离鹤昔未离，迥发天北垂。"

原文：笠女郎の、大伴家持に贈りし歌一首

水鳥の 鴨の羽色の 春山の おほつかなくも 思ほゆるかも（8・1451）

译文：笠女郎赠大伴家持歌一首

水鸟鸭毛色，春山色亦同，朦胧山色望，心事亦朦胧。（8・1451）

赏析：水鸟和鸭毛的颜色与山色一般苍翠，水与山的迷蒙雾气交织，爱情与春日本是美好之物，然而却常有忧愁萦绕心中。这首极富意境的和歌吟诵了爱情如春山般变幻莫测，让人焦虑不已的心情。笠女郎的恋歌激情充沛、柔肠百转、清丽优美、凄楚哀婉，为后人所传颂。从数目以及内容来看，二人之间保持了相当长的爱慕关系。后期，在笠女郎爱意正浓之际，家持却冷淡下来。

原文：紀女郎の歌一首［名を小鹿と曰ふ］

闇ならば うべも来まさじ 梅の花 咲ける月夜に 出でまさじとや（8・1452）

译文：纪女郎歌一首（名曰小鹿）

黑夜无光照，前来事不宜，梅花开月夜，正是出门时。（8・1452）

赏析：这是纪女郎12首作品中的一首。纪女郎比家持年长，而且，早已嫁为人妇。这首歌表达了在梅花盛开的月夜，对心爱之人能否前来的期待与不安。

原文：大神女郎の、大伴家持に贈りし歌一首

ほととぎす 鳴きしすなはち 君が家に 行けと追ひしは 至りけむかも（8・1505）

译文：大神女郎赠大伴家持歌一首

杜鹃鸣不久，即向你家追，已到君家否，问君趁此时。（8・1505）

赏析：大神女郎两首作品中的一首。杜鹃的"不如归去"还没有啼鸣多时，"我"便思念着你，想要见到你了。这首和歌吟诵了女郎祈盼早日与君相见的渴望与寂寞之情。

针对如此数目众多、或热情或哀怨的恋歌，家持或者完全没有答歌，或者

答歌流于形式、内容单调无情。家持之所以对众多女性的示爱表现得如此冷淡，主要原因应是考虑到将来会迎娶姑母的长女大伴坂上大娘为正妻，因此对自己的行为加以自律约束。这也体现了他作为大伴氏族长的使命感与责任感。

3. 望乡歌

大伴家持驻守边境时吟诵了大量思念"都城"之歌，抒发了对朝廷的思念向往之情。

（1）边境——"鄙"夷之地

原文： 天離る　鄙とも著く　ここだくも　繁き恋かも　和ぐる日もなく（17・4019）

译文： 都城皆乐事，边邑叹愁多，几许繁华恋，从无一日和。（17・4019）

原文： 天離る　鄙の奴に　天人し　かく恋すらば　生ける験あり（18・4082）

译文： 边鄙奴才相，天人恋若斯，今蒙生死恋，生意我全知。（18・4082）

原文： 白玉の　見が欲し君を　見ず久に　鄙にし居れば　生けるともなし（19・4170）

译文： 欲见白珠玉，母亲已久违，穷边居住久，生意已全非。（19・4170）

赏析： 家持的望乡歌中数次使用"鄙"（边境）一词。"鄙"的使用充分体现了诗人作为朝廷官员的优越感以及身处边境的失落感。例如，4082首大伴家持赠坂上郎女的诗作中，身处越中的家持自称"边境的奴才"，相反，却把京城的郎女喻为"天人"，边境之卑贱与京城之高贵形成强烈的对比，体现了家持的心理落差。这是源于诗人作为中央官员的强烈的自我意识。即以"平城京"为世界的中心，轻视其他"鄙"夷之地。

上述 4019、4082 诗歌中都使用了共同的枕词"天離る"，更加凸显了作者的"京官"意识。"天"指代"天皇＝朝廷＝王权"，"離る"（远离）在表明物理上的距离感同时，更凸显了诗人心理上的文化落差。

（2）子规

子规是万叶时代歌人最喜爱的鸟之一。《万叶集》的咏鸟歌中，子规共155 首，位居榜首，其中 64 首为大伴家持的作品。家持的歌咏子规歌中有 44 首是作于其任越中国守时期，这主要是源于"望乡之念"。家持试图用京城的

风雅来驱散心中的抑郁之情。而子规就是代表性的风雅之物。

原文：我が背子は　玉にもがもな　ほととぎす　声にあへ貫き　手に巻きて行かむ（17・4007）

右、大伴宿祢家持、掾大伴宿祢池主に贈る。[四月三十日]

译文：我兄情似玉. 更愿似鹃声，贯玉将声贯，手持上路行。（17・4007）

上，大伴宿祢家持赠掾大伴宿祢池主。（四月三十日）

赏析：这一首是家持与大伴池主的赠答歌群中的代表作品之一。诗歌中，家持将友人比作玉珠，希望将子规的歌声穿进玉珠，一并戴在手上，其深切情谊于语句中流露无疑。

原文：忽ちに、京に入らむとして懐を述べし作を見て、生別悲しくして、断腸万廻、怨緒禁め難し。聊かに所心を奉りし一首＜并せて二絶＞

…見渡せば　卯の花山の　ほととぎす　音のみし泣かゆ　朝霧の　乱るる心　言に出でて　言はばゆゆしみ…（17・4008）

译文：忽见入京述怀之作。生别悲兮断肠万回，恋绪难禁，聊奉所心一首并二绝

…远望卯花山，如鹃哭泣累，朝雾乱人心，欲言难启齿…（17・4008）

赏析：节选池主的赠答长歌的一节。题词中的"肠断"是中国文学中特有的意象，日本由于神道、佛道等宗教礼仪的影响，十分忌讳动物的内脏，因此日本文学作品中极少出现"肠断"这样的形容词。这里显示了大伴池主深厚的汉文学素养。

遥望远山，杜鹃声声悲啼，朝雾迷蒙，一腔愁绪，有口难言。通过这首和歌，歌人表达了对友人以及家乡的难解的思念。对于家持与池主，子规是文雅的代表，是与京都紧密联系的望乡之鸟，也是怀念旧知的情感寄托，承载了二人的友情与思乡之情。

（3）折柳

原文：二日、柳黛を攀ぢて京師を思ひし歌一首

春の日に　張れる柳を　取り持ちて　見れば都の　大路し思ほゆ（19・4142）

译文：二日，攀柳黛思京师歌一首

春日垂杨柳，折来持在手，京师大路旁，思柳别来久。（19・4142）

赏析：在中国，古人离别时，有折柳枝相赠之风俗。在中文中，"柳"谐音"留"，所以在古诗文中常以"柳"为意象来书写离别，借此表达依依惜别之情、恋恋不舍之意。例如，汉乐府《折杨柳歌辞》中，"上马不捉鞭，反折杨柳枝"。"折柳"一词寓含"惜别怀远"之意。后世诗人交相运用，成为定则，如李白《春夜洛城闻笛》中的"此夜曲中闻折柳，何人不起故园情"。戎昱的《移家别湖上亭》"好是春风湖上亭，柳条藤蔓系离情"。柳永的《雨霖铃》"今宵酒醒何处？杨柳岸，晓风残月"。家持在此和歌中引入这种人文加以重构。

4. 树下美人图

大伴家持在 746 年赴越中任国守 5 年。从繁华的京城来到偏僻之地，顿觉寂寥，无奈寄情于山水。他在府邸种植花草，吟咏风花雪月。他的作品近半数都作于此期间。异乡风土景色的清新感使他的和歌臻于成熟。大自然的风光孕育出清流与风雅，使其歌风更加甘醇、纤细，充满明媚舒朗的色调。

原文：天平勝宝二年三月一日の暮に、春苑の桃李の花を眺矚して作りし二首

春の園 紅にほふ 桃の花 下照る道に 出で立つをとめ（19・4139）

译文：天平胜宝二年三月一日之暮，眺矚春苑桃李花作歌二首

春苑红鲜艳，桃花开满枝，桃红花下路，出立美人姿。（19・4139）

原文：我が園の 李の花か 庭に散る はだれのいまだ 残りたるかも（19・4140）

译文：吾园有李花，花落满庭斜，是否残留雪，斑斓地面遮。（19・4140）

赏析："眺矚春苑桃李花作"素有"树下美人图"之称，堪称家持的巅峰之作。春苑桃花满树，绯色烂漫，轻风过，柔软的花瓣飘舞而下，美人就静静立于其间。而另一首和歌则将零落庭院的李花比作残雪，别有一种生动的美学意境。其笔下的花草丰饶轻柔、少女轻盈娇艳，洋溢着青春的诗情。

文化："桃李"是中国诗文中的经典，桥本达雄指出该歌主要取材于《诗经・周南・桃夭》中的"桃之夭夭，灼灼其华。之子于归，宜其室家"。"园＝苑"是指用于观赏和游览所打造的庭院，也是汉诗文学的题材。在《万叶集》

中，多与梅花宴一同出现。大宰府的梅花宴在家持心中留下深深的烙印，他将汉诗文学的风雅与日本的庭院相结合，试图构建和歌的情调。

5. 春愁绝唱

原文： 二十三日、興に依りて作りし歌二首

春の野に　霞たなびき　うら悲し　この夕影に　うぐひす鳴くも（19・4290）

译文： 二十三日，依兴作歌二首

春野春霞起，心中悲感情，夕阳阴影里，处处是莺声。（19・4290）

原文： 我がやどの　い笹群竹　吹く風の　音のかそけき　この夕かも（19・4291）

译文： 我宅小群竹，风吹竹有声，此声幽静好，更值夕阳明。（19・4291）

原文： 二十五日に作りし歌一首

うらうらに　照れる春日に　雲雀上がり　心悲しも　独りし思へば（19・4292）

译文： 二十五日作歌一首

春日艳阳丽，鸽鹩向上飞，自思终独立，不觉内心悲。（19・4292）

赏析： "春愁三首"（4290～4292）作于天平胜宝五年（753），被视为家持诗歌成就的顶点。尤其是第4292首被誉为家持歌咏孤独感的绝唱。从暗影、云霞中聆听的莺啼与竹音、夕阳与春日之中映射出内心的悲凉。面对阳光明媚、春雀鸣唱的春末夏初的美好景色，作者的心情却是悲伤，花鸟带愁，山川含恨，满腔愁绪。家持细腻地描述这些感受，流露出悱恻情怀，渲染了憧憬与感伤的感情。

家持通过叙景与抒情的完美结合，形成纤细柔弱的美。这不仅仅是单纯的伤春，更是对时事的忧愁。清新优雅的美景下掩饰着心酸与孤独，诉说着无可奈何花落去的失落与凄凉。这也反映了整个贵族社会走向没落的心态。

文化： 751年，家持越中国守期满，回到京都，觉察到政局的变化。孝谦天皇继位后，光明皇后与藤原仲麻吕联手，权倾天下，而家持的后台左大臣橘诸兄日益失势。在如此严峻的政治形势下，他深感自己维护大伴家族的重大责

任，郁闷忧愁，却又无可奈何，只能暗叹命运的乖蹇。

6. 美意识的变化

自然风物是单独存在更美，还是搭配更美，这取决于审美意识。从类型上来说，平安时代是偏向于搭配之美，而万叶时代则是重视单独之美。但是，从家持的时代开始，诗人逐渐在和歌中尝试花鸟风物的组合，追求搭配的和谐之美。

（1）鹤鸣与春霞

原文： 海原に 霞たなびき 鶴が音の 悲しき夕は 国辺し思ほゆ（20・4399）

译文： 海原霞漫起，寂寞是今宵，白鹤悲鸣处，方知故国遥。（20・4399）

原文： 家思ふと 眠を寝ず居れば 鶴が鳴く 葦辺も見えず 春の霞に（20・4400）

译文： 不寐正思家，鹤鸣在水涯，芦边今不见，隐蔽在春霞。（20・4400）

赏析： 这是家持驻守越中时，目睹防人远离家乡的痛苦，心生同情而作。特点是每一首都使用了"鹤的悲鸣"与"春霞"这一组合。春霞如斯美丽，因而也更能衬托出在这美丽之景下的鹤鸣之悲，极富感染力地渲染了离别家乡的悲伤情绪以及对故土无边的思念。

（2）橘与霍公鸟

原文： 立夏四月、すでに累日を経て、由未だ霍公鳥の喧くを聞かず。よりて作りし恨みの歌二首

あしひきの 山も近きを ほととぎす 月立つまでに なにか来鳴かぬ（17・3983）

译文： 立夏四月，既经累日，而由未闻霍公鸟喧，因作恨歌二首

依山虽颇近，未有杜鹃声，立夏已来到，如何尚不鸣。（17・3983）

原文： 玉に貫く 花橘を 乏しみし この我が里に 来鳴かずあるらし（17・3984）

霍公鳥は立夏の日に来鳴くこと必定なり。また越中の風土として橙橘有ること希なり。これに因りて大伴宿袮家持、懐に感発して、聊かにこの歌を

裁りき。〔三月二十九日〕

译文：贯玉多花橘，杜鹃向此行，我乡无此橘，所以不来鸣。（17·3984）

霍公鸟者，立夏之日来鸣必定。又越中风土，希有橙橘也。因此，大伴宿祢家持感发于怀，聊裁此歌。三月二十九日

原文：ほととぎす　来鳴きとよめば　草取らむ　花橘を　やどには植ゑずて（19·4172）

译文：杜宇来鸣响，田间拔草听，门前花橘树，不植待鹃鸣。（19·4172）

赏析：在家持的观念中，杜鹃立夏必鸣，这个理念多次体现在家持的诗作中。

题词中显示，即使过了立夏，霍公鸟也未鸣叫。进一步提出作者猜测：是因为越中地区寒冷，橘树稀少，因此霍公鸟不来啼鸣。柑橘是生长在本州南部海岸附近山地的常绿植物，而越中地区在本州北部，气候相对寒冷，柑橘较为少见，自然也就鲜有杜鹃踪迹。

"杜宇来鸣响，田间拔草听。"子规啼鸣时拔草这一表达可见于第1943首。具体是指何草存在争议。有说法认为是423、4175出现的与霍公鸟搭配的菖蒲。诗意大致为既然没有种植杜鹃喜爱的橘树，那么至少要手带菖蒲招引杜鹃。也有说法认为霍公鸟是预告农耕开始的鸟。因此，草就是一般田地里的草。《中西文库》指出霍公鸟作为劝农之鸟这一后世习俗或许在当时已经存在。

《万叶集》中，以"咏花鸟"为题词的咏物长歌只见于家持作品。咏霍公鸟与橘的和歌是模仿中国的咏物诗。家持的花鸟咏脱离了始于日本远古时代的花鸟的咒物性信仰，将自然景观的花与鸟相结合。这一手法模仿于中国六朝初唐诗。

（3）橘与菖蒲草

原文：白玉を　包みて遣らば　あやめ草　花橘に　あへも貫くがね（18·4102）

译文：赠妻珍珠包；菖蒲加花橘，串线绕。(18·4102)（赵乐甡译）

赏析：万叶时代的白玉指的是珍珠。在没有养殖技术的时代，珍珠在几万个贝壳中才能偶然见得一个，比现在更加珍贵。将那颗来之不易的珍珠用菖蒲和花橘穿起，赠送给心爱的妻子，是何等浪漫的事情。在古代，菖蒲是5月的

代表性风物。古有习俗把菖蒲等散发着香气的植物做成圆圈，用作头饰或装饰在房间里以驱除邪气。

（4）庭园与瞿麦花

原文： また家持の、砌の上の瞿麦の花を見て作りし歌一首

秋さらば　見つつしのへと　妹が植ゑし　やどのなでしこ　咲きにけるかも（3・464）

译文： 又家持见砌上瞿麦花作歌一首

秋去思难尽，屋前石竹花，当年吾妹植，今日独繁华。（3・464）

赏析： 屋前的红瞿麦娇妍繁茂，然而当初种植它的人却已不在，物是人非，徒生凄怆。红瞿麦是家持钟爱的花。《万叶集》中有30多首咏该花的歌，其中三分之一都是家持的作品。而且，该花仅出现于奈良朝以后的和歌中。这说明随着美意识的变迁，和歌中更倾向咏唱优美、柔弱的花朵。红瞿麦原本生于山野之中，而家持首次以"庭园的瞿麦花（やどのなでしこ）"形式歌咏，进而开拓出独特的庭院文学（やどの文学）。

7. 压卷诗

原文： 三年春正月一日に、因幡国庁にして饗を国郡の司等に賜ふ宴の歌一首

新しき　年の初めの　初春の　今日降る雪の　いやしけ吉事（20・4516）
右の一首、守大伴宿祢家持作る。

译文： 三年春正月一日，于因幡国厅赐飨国郡司等之宴歌一首

新年今更始，降雪在初春，今日重重雪，吉祥事事新。（20・4516）
上一首，大伴宿祢家持作之。

赏析： 在元旦这一个特殊的日子，大伴家持作为国守在歌宴上深情地唱道："新年伊始，瑞雪飘飘，祈愿国家，吉事昭昭。"

学术界在评述这首和歌时，都会强调它与开篇之作在作品排序上的呼应关系。首先，从作者的身份来看，开篇之作的作者是国家的最高统治者，最后一首的作者是地方行政长官。其次，两首歌吟诵的时间都是春天。第一首假借天皇求婚，祈愿子孙兴旺、物产丰饶。最后一首寄托纷飞的雪花，祝福吉祥如意，

国富民安。

文化：所谓元旦立春即日历上的立春与二十四节气的立春相吻合，这是罕见的。《七修类稿》卷三天地类有记载：立春，正月节，东风解冻，蛰虫始振，鱼陟负冰。立春正是万物复苏的时节，到处是欣欣向荣的景象。

这是《万叶集》中唯一一首"元旦立春"的作品，也是万叶最后一首，备受瞩目。小岛宪之指出"万叶集作为一大歌集流传后世，对外具有官方性质。这体现在卷首为雄略天皇御作，卷尾为家持的官方祝贺歌"。律令制规定"元旦当日，国守应率领诸僚属郡司面向朝廷朝拜。之后接受长官设宴贺年"。因此，编纂者大伴家持将该歌作为全二十卷之卷尾歌，意欲通过祈祷将《万叶集》流传千秋万代。

家持的一生波澜壮阔，他本是无忧无虑青云直上的贵族公子，因政坛的风云变幻而最终衰退没落，充满了悲剧色彩。他的歌风也从流光溢彩变得凄迷忧郁。这种纤细的歌风不仅是他个人的文学风格，也是万叶后期的文学风格，更是奈良朝向平安朝贵族和歌转变的先声。

四　东歌

东歌是日本东部地区的诗歌。《万叶集》第14卷收入自7世纪末至8世纪中期的东歌约230首，以国别、杂歌、相闻、挽歌来分类，其中相闻歌最多。这些歌中有少数是东国的都城贵族创作的，但多数是东国民众共有的歌谣，是在劳动和酒席等场合歌唱的民谣。因此作者绝大部分不详。另外，形式上虽然都是齐整的短歌，但也有部分是不规则的。东歌多使用日本东部方言，主要描写恋爱、旅行和劳动，构思及结构淳朴而富有生气，与贵族诗歌风格迥异。

东歌的主要特征如下：

选取的素材与生活密切相关。主要反映劳动等场景、身边的动植物等自然中生存的一切。

每一首的前半部分到后半部分通常有意外的转换，从而产生诙谐效果。

大胆地表露感情。即使是歌唱恋爱的痛苦，歌风也健康明朗。

使用方言、俗语等自己的语言。

以上特征多是民谣的特征。但总体来说，朴素活泼的歌声、泥土的气息能让人感受到地方民众的生活，和珍贵的方言一起，作为国语资料，在《万叶集》中也成为独特的歌群而备受瞩目。

原文： 筑波嶺の 新桑繭の 衣はあれど 君が御衣し あやに着欲しも（14・3350）

译文： 筑波岭上桑，蚕食吐丝忙，丝制君衣美，借来作我裳。（14・3350）

赏析： 这首和歌吟诵了蚕桑织绢的劳作场景。表达了我虽有衣裳，仍欲穿君衣的心愿。

当时的习俗是男女互换里衣，灵魂可以接近，以示不忘。

原文： 筑波嶺に 雪かも降らる 否をかも かなしき児ろが 布乾さるかも（14・3351）

译文： 筑波岭上雪，今已降来无，爱子新衣好，晴干可得乎。（14・3351）

赏析： 筑波山上下雪了吗？不，不是的。那是可爱的姑娘们在晒布。洁净的白布连成一片，覆在山岭之上，远远望着，以至于误以为下雪了。歌作吟诵了可爱的女孩们在晒白布的场景。插秧前，村里的少女们为了获得神圣的祭堂侍女资格，在筑波山过着苦行僧似的生活。

原文： 多摩川に さらす手作り さらさらに なにそこの児の ここだかなしき（14・3373）

译文： 多麻河岸上，晒布似穿梭，何以女儿辈，爱情有许多。（14・3373）

赏析： 这是武藏国的和歌，描述了武藏国的风物和少女织布的美妙场景，将描述织布的拟声词"さらさら"与描写心情的词汇"今さらに"相关联，运用挂词的手法完成从景色到心情的转变。诗歌还吟诵了少女何其可爱，令人欲罢不能的心情。

原文： 稲搗けば かかる我が手を 今夜もか 殿の若子が 取りて嘆かむ（14・3459）

译文： 春稻把稻春，稻春裂我手，今宵公子来，持手叹声久。（14・3459）

赏析： 这首和歌描写了捣春稻、手皲裂的劳作场景和遥想今宵公子来、扶手叹息的场面，既表达了女人避人耳目、私会情郎的悲哀，又刻画了其羞涩又

期待的雀跃心情，是东歌中的佳作。

综上，东歌具有地方性、集团性、大众性、唱和性等特点，呈现了东国地区民众的生活百态。

五　防人歌

防人歌是戍边士兵所作的和歌。"凡兵士向京者名卫士，守边者名防人"，可见防人是镇守边关的士兵。在《万叶集》成书的奈良时代，日本与新罗之间矛盾和摩擦不断。两国曾在海上交战，藤原仲麻吕曾计划征讨新罗。由于周边政治环境不稳定，政府为了应对新罗，对边境防御投入较大，导致当时的兵役很重。大化革新以后，凡20岁至60岁的男子均被征入伍，服兵役三年，每年2月1日交替，主要被派遣到九州和东国的边境地区，远离家乡，告别父母与妻小，艰苦服役。每次征集人数不明，据推测有1000人左右。

《万叶集》收录防人歌100余首，分别来自将江户、相模、骏河、上总、下总、常陆等地区。防人歌是防人旅途中所作，描述因旅途的艰辛、内心的彷徨寥落，见物感怀，从而产生了对故乡以及亲人的怀念。因此，防人歌大多诉说戍边的艰辛、思乡的苦楚、盼望早归的心情，也有的流露出消极不满的情绪，但都情真意切、粗犷率真，洋溢着浓郁的泥土气息和对生活的眷恋之感。但诗歌最后大多归结到侍奉天皇、戍守边关的精神，体现出收录者大伴家持的思想倾向。透过这些作品，我们可以了解当时人们的生活、劳动和疾苦。一些诗歌中使用的东部方言与东歌一起成为日本民众生活歌咏的代表。

大伴家持收录的防人歌按时间顺序分为以下三类，第一是从东国出发前的歌咏别离的和歌，第二是从东国到难波津的旅途所作，第三是去往九州筑紫前在难波津等待时所作。歌风淳朴，真实感人，能够引起读者的共鸣。

1. 别离

原文：父母も 花にもがもや 草枕 旅は行くとも 捧ごて行かむ

（20·4325）

译文：父母如能变，花枝愿变成，旅途行处去，高举一同行。（20·4325）

原文：父母が　殿の後方の　ももよ草　百代いでませ　我が来るまで（20·4326）

译文：父母后门边，长生百代草，愿生百代龄，待我归来早。（20·4326）

原文：わが妻も　絵に描き取らむ　暇もが　旅行く我は　見つつ偲はむ（20·4327）

译文：我妻如可画，有暇画成图，相见旅途上，相思亦不孤。（20·4327）

原文：大君の　命恐み　磯に触り　海原渡る　父母を置きて（20·4328）

译文：大君有严命，仓皇便起程，父母遗家里，停湾渡海行。（20·4328）

原文：月日やは　過ぐは行けども　母父が　玉の姿は　忘れせなふも（20·4378）

译文：年华虽过去，记忆则悠长，父母容颜在，何时也不忘。（20·4378）

赏析：4325 吟诵了愿父母化为花朵，这样就可以一路伴我，体现了与父母难舍难分之情。4326 借百代草表达对父母百代安好的祝愿。4327 愿将妻作画相伴前行，可以长忆长相看。4328 描述了仓皇启程，与父母生离别的凄惨场景。4378 诉说了防人难忘父母恩。这几首皆表达了离别前夕对家人的不舍。可见凄凉孤寂的心境没有国界，不分民族。

原文：我が面の　忘れもしだは　筑波嶺を　振り放け見つつ　妹は偲はね（20·4367）

译文：妹如思念我，我面又遗忘，请望筑波岭，即能忆我详。（20·4367）

赏析：这一首吟诵了相思相爱的青年男女在惜别之际的凄凉与缠绵。不知他日何时才能相见，唯恐离去太久，阿妹将我面容也遗忘。

2. 羁旅之作

原文：忘らむて　野行き山行き　我来れど　わが父母は　忘れせぬかも（20·4344）

译文：一切全忘却，我来山野旁，家中父母在，我却不能忘。（20·4344）

原文：父母が　頭掻き撫で　幸くあれて　言ひし言葉ぜ　忘れかねつる（20·4346）

译文：父母言犹在，至今不敢忘，我头搔又抚，祝我寿而康。（20·4346）

赏析：4344 本想抛却一切，无牵无挂，然而翻山越岭之后，对父母却思念不绝。4346 爹娘抚头为我祝福，平安无恙，这些话语牢记在心中，一刻不能忘怀。当时的习俗是离别之际轻抚对方的头部，祈祷平安。

原文：我が妻は いたく恋ひらし 飲む水に 影さへ見えて よに忘られず（20·4322）

译文：我妻真恋我，在世不能忘，我饮河边水，水中见影常。（20·4322）

原文：韓衣 裾に取り付き 泣く子らを 置きてそ来ぬや 母なしにして（20·4401）

译文：别父牵衣哭，诸儿不忍思，别儿来此地，无母竟何依。（20·4401）

赏析：4322 难忘阿妹，饮水时，河里犹有阿妹倩影。真挚地表达了对爱人的思念，歌人相思成疾，爱情感人肺腑。4401 形象地刻画了稚子不肯放手、嚎啕大哭的离别场景。稚子原本无娘，而今又被父亲撇下，听者伤心,闻者流泪。

这些和歌吟诵了旅途的险恶和风餐露宿的艰苦，展现了歌人心中对妻儿老小的难舍难分，让人深感防人的凄惨悲凉。

3. 在难波津出航前之作

原文：難波津に み船下ろする 八十梶貫き 今は漕ぎぬと 妹に告げこそ（20·4363）

译文：船下难波津，桨多亦众人，我今摇桨去，告妹莫酸辛。（20·4363）

原文：摂津の国の 海の渚に 船装ひ 立し出も時に 母が目もがも（20·4383）

译文：津国海汀渚，装船又载人，如何船出候，不见有慈亲。（20·4383）

赏析：这两首是在难波津整装待发时创作的作品。船只装备完善，部队编排整齐，防人们身着军装，毅然决然准备奔赴远方。此时此刻，多么希望能再看一眼家中的慈母和爱妻，也希望家人能看到自己这样的飒爽英姿。出航前，防人们既有紧张和激动，也有即将离去故里的悲愁和不安的心情。诗歌中传达出了一种悲壮之情。

原文：天地の 神を祈りて さつ矢貫き 筑紫の島を さして行く我は

（20·4374）

译文：祈求天地神，幸箭射来诚，筑紫岛中去，神灵佑此行。（20·4374）

原文：天地の　いづれの神を　祈らばか　愛し母に　また言問はむ

（20·4392）

译文：天地各神祇，向神何处祈，重逢同母话，是否可相期。（20·4392）

赏析：4374 向天神地祇祈祷后，背负箭囊前往筑紫，体现了防人的英勇和决然。4392 中，歌人询问天地诸神，向何处祈祷才能再与心爱的母亲叙旧，表达了作者对母亲想见却不能的深切思念。这两首诗中都倾泻出生离死别的伤痛。

文化：律令制度规定防人的任期是三年，要求防人背负 50 支箭前行。实际上防人不仅要自己负担往返难波津的饮食、旅费以及戍边的武器，而且多数会被强制延长任期，生存艰难加之旅途险阻，平安归乡的人甚少。因此，防人创作的思乡诗往往特别悲壮。

防人歌等思乡诗反映的感情局限于个人感受，集中于表现旅途的困苦、对家乡及亲人的思念、归乡不得的无奈等。旅途疲累、背井离乡，故乡作为精神上的避风港成为防人们的心灵寄托和支柱。防人们通过对故乡和亲人的怀念来表达对现状的不满和对美好生活的向往。从这个角度来说，防人歌大多是悲情基调的，只有少数是基调轻松、明快的。

思考题

1. 万叶和歌第四期的主要特点是什么？

2. 大伴家持的主要贡献是什么？

3. 东歌的特点是什么？

┌──── **第六讲**
杂歌 ────

本章将按四季之序赏析杂歌，以探求、理解万叶人的季节感。

一 春

1. 春柳与梅

原文： 春柳 縵に折りし 梅の花 誰か浮かべし 酒坏の上に（5·840）

译文： 春柳若青丝，折来头上放，梅花摘下来，浮在酒杯上。（5·840）

赏析： 这是一首画面感极强的和歌。730年正月，大伴旅人在大宰府邸举办梅花宴，各个文人雅士分别吟诵风雅。梅花漂浮于酒杯，春柳做花鬘。梅和柳是春天气息的代表性植物。享受只有当下才能品尝到的味道、享受当下这一季的姿态，这种心情从万叶时代开始就根深蒂固。

2. 咏花

原文： 春雨は いたくな降りそ 桜花 いまだ見なくに 散らまく惜しも（10·1870）

译文： 春雨今来矣，飘零莫太多，樱花尚未见，便惜落花何。（10·1870）

赏析： 樱花当然是盛开时最美，但花期很短，其更是经常会因为雨和风而

散落，以至无法欣赏。这首歌就是祈祷春雨别太猛，以免花瓣飘落令人惋惜。爱怜樱花的心情穿越时空，无论是1300年前还是现在都是一样的。相反正是因为樱花花期短暂，才会诞生无常的美学。

3. 春立

天平宝字元年（757）是年内立春。12月18日，在三形王宅邸举办酒宴，歌咏立春。

原文： 十二月十八日於大監物三形王之宅宴歌三首

み雪降る　冬は今日のみ　うぐひすの　鳴かむ春へは　明日にしあるらし（20・4488）

右一首主人三形王

译文： 十二月十八日，于大监物三形王之宅宴歌三首

雪降仍冬季，今朝最后时，莺鸣春到日，明日以为期。（20・4488）

上一首，主人三形王。

原文： うちなびく　春を近みか　ぬばたまの　今夜の月夜　霞みたるらむ（20・4489）

右の一首、大蔵大輔甘南備伊香真人

译文： 靡靡春将近，潜移是物华，今宵明月夜，四处起春霞。（20・4489）

上一首，大藏大辅甘南备伊香真人。

原文： あらたまの　年行き反り　春立たば　まづ我がやどに　うぐひすは鳴け（20・4490）

右の一首、右中弁大伴宿祢家持

译文： 四季循环速，年年往返行，立春谁第一，我宅莺先鸣。（20・4490）

上一首，右中辨大伴宿祢家持。

赏析： 根据内田正男《日本历日原典》记载，次日12月19日恰好为立春。因此，保守派的歌友共聚三形王宅邸咏春，追逐文雅。寒冬的最后一场雪落下，随着早莺的第一声啼鸣，暖春正式来临。莺是象征春天到来的鸟儿，4490再次吟诵黄莺，四季循环往复，唯有莺啼打破寂静，迎来新春。而在此之前，春日的踪迹藏在潜移的物华中，藏在月夜和霞光里。这几首和歌体现了家持的"改年迎春的节气意识"。

文化：右中辨，太政官的官职，右辨官的次职，主管兵部、刑部、大藏、宫内。

五日后的 23 日，在今城真人宅邸举办酒宴。家持吟咏了赫赫有名的"年内立春"歌。

原文：月数めば　いまだ冬なり　しかすがに　霞たなびく　春立ちぬとか（20・4492）

右の一首、右中弁大伴宿祢家持作る。

译文：屈指数年月，仍然是季冬，春霞今已起，已在立春中。（20・4492）
上一首，右中辨大伴宿祢家持作。

赏析：由于是年内立春，该歌吟咏了月份与季节的差异。家持创作了"立春＋黄莺""立春＋春霞"这一独特的春景世界。他将节气这一知识认知与鸟鸣这一听觉世界以及春霞这一视觉世界相融合，构建出优美的文雅艺术。

4. 春的季节感

下面一首和歌凝聚了春季的风物，体现了万叶时代春的季节感。

原文：四年丁卯の春正月、諸王・諸臣子等に勅して授刀寮に散禁せしむる時に作りし歌一首〈并せて短歌〉

ま葛延ふ　春日の山は　うちなびく　春さり行くと　山峡に　霞たなびき
高円に　うぐひす鳴きぬ　もののふの　八十伴の男は　雁が音の　来継ぐこの頃
かく継ぎて　常にありせば　友並めて　遊ばむものを　馬並めて　行かまし里を
待ちかてに　我がせし春を　かけまくも　あやに恐　言はまくも　ゆゆしくあ
らむと　あらかじめ　かねて知りせば　千鳥鳴く　その佐保川に　岩に生ふる　菅
の根取りて　しのふ草　祓へてましを　行く水に　禊ぎてましを　大君の　御命恐
み　ももしきの　大宮人の　玉桙の　道にも出でず　恋ふるこの頃（6・948）

译文：四年丁卯春正月，敕诸王诸臣子等散禁于授刀寮时作歌一首并短歌
葛藤蔓春山，春日已来呈，山峡春霞漫，高地有莺声，
遥闻春归雁，雁声相继清，相继已为常，勇士亦群英，
偕友同游玩，并马里中迎，相待亦何难，吾等游春行，
出口令人畏，出言亦不轻，前知殊不易，谁识于鸟鸣，

佐保川上石，上有菅根生，取此菅草根，解除百思萦，

持根往水边，祓禊水边成，天皇有严命，宫城众公卿，

道路不得出，相恋此时情。（6·948）

原文： 反歌一首

梅柳 過ぐらく惜しみ 佐保の内に 遊ばむことを 宮もとどろに（6·949）

右、神亀四年正月、数の王子と諸の臣子等と、春日野に集ひて打毬の楽をなす。その日忽ちに天陰り雨ふり雷電す。この時に、宮の中に侍従と侍衛となし。勅して刑罰に行なひ、皆授刀寮に散禁せしめ妄りて道路に出づること得ざらしむ。ここに悒憤みし、即ちこの歌を作る。［作者未だ詳らかならず］

译文： 反歌

梅柳过时久，惆怅惜春归，游于佐保内，宫阙发天威。（6·949）

上，神亀四年正月数王子及诸臣子等集于春日野作打球之乐。其日忽天阴雨雷电，此时宫中无侍从及侍卫，敕行刑罚，皆散禁于授刀寮，而妄不得出道路，于时恺愤即作斯歌。（作者未详）

赏析： 根据题词和左注记载，这组和歌描述的是神亀四年正月，很多皇族和贵族子弟们聚集在春日野玩马球。突然雷雨交加，由于这时宫中没有侍从和侍卫，于是敕命处罚，大家都被关在了授刀寮里，不被允许随便外出。作者不详。"授刀寮"是指佩刀守护天皇的禁卫舍人的役所。"打毬"是当时盛行的贵族游戏，指的是骑马比赛打马球。

长歌中汇集了万叶人喜爱的春景，包括春霞、春莺、春归雁、梅花、春柳。春光明媚，春霞迷漫，王孙们结伴策马郊游，再现了当时年轻人的游乐生活，完美地呈现了万叶人的季节感。春霞、春莺、梅花的组合则常见于和歌中，成为当时最受欢迎的春的季语。

二 夏

1. 杜鹃与橘

原文： 大伴書持の歌二首

我がやどに　月おし照れり　ほととぎす　心あれ今夜　来鳴きとよもせ
（8・1480）

译文：大伴书持歌二首

我屋门前地，当空月照明，杜鹃如有意，今夜幸来鸣。（8・1480）

原文：我がやどの　花橘に　ほととぎす　今こそ鳴かめ　友に逢へる時
（8・1481）

译文：我屋门前橘，花开正满枝，杜鹃鸣不已，今夜友来时。（8・1481）

赏析：大伴书持是大伴家持的弟弟，于746年9月先于家持离世。家持作有挽歌哀悼（17・3957—3959）。大伴书持是热爱自然、性情温柔的人。书持在美丽的月色之夜邀请老友来家里享受重逢的乐趣。"杜鹃和橘"是宣告夏天到来的完美组合。明月下，橘花绽放，清芬阵阵，杜鹃的啼鸣更使相聚的欢乐时刻变得圆满。

2. 割夏草

旋头歌

原文：大刀の尻　鞘に入野に　葛引く我妹　ま袖もち　着せてむとかも
夏草刈るも（7・1272）

译文：葛生纳野中，吾妹割来织，亲手织成衣，为吾穿着事。（7・1272）

赏析：这一首和歌生动地描绘了夏季的劳作场景。阿妹为我织衣，抽取长葛，亲自割夏草。"割草（吾草取れり）"等同于"抽葛（吾葛引けり）"。在古代，一般抽取葛茎的纤维制作衣服。此外，对于当时生活物资中比较贵重的物资，往往不用特有名词，而是使用通称。例如，桧树被称为真木，用于捕鱼的鹈鹕被称为真鸟。如是，抽取葛草这一行为通称为葛草。因此，抽取葛草与卯花、橘花相同，也是霍公鸟啼鸣时的风情。

3. 酷暑

原文：日に寄する

六月の　地さへ裂けて　照る日にも　我が袖乾めや　君に逢はずして
（10・1995）

译文：寄日一首

六月当空照，骄阳裂地钻，与君逢不得，我袖泪难干。（10·1995）

赏析：这首和歌首先吟诵了六月骄阳似火，晒得大地干裂，后笔锋一转，可是即便如此，仍无法晒干我的衣袖，暗示了因为相思而悲伤的泪水泛滥，可谓万叶时代的真情流露。

4. 立夏

原文：卯の花の　咲く月立ちぬ　ほととぎす　来鳴きとよめよ　含みたりとも（18·4066）

右の一首、守大伴宿祢家持作る。

译文：卯花开出月，此月已前来，杜宇应鸣矣，含苞虽未开。（18·4066）

上一首，守大伴宿祢家持作之。

原文：二上の　山に隠れる　ほととぎす　今も鳴かぬか　君に聞かせむ（18·4067）

右の一首、遊行女婦土師作る。

译文：二上山头上，杜鹃隐入云，只今鸣正好，以便我君闻。（18·4067）

上一首，游行女妇土师作之。

原文：居り明かしも　今夜は飲まむ　ほととぎす　明けむ朝は　鳴き渡らむそ［二日は立夏の節に応る。故に明けむ旦に喧かむ、と謂ふ］（18·4068）

右の一首、守大伴宿祢家持作る。

译文：通明当此夜，明朝有杜鹃，今宵饮酒待，明旦鸟将喧。（18·4068）

［二日应立夏节，故谓之明旦将喧也。上一首，守大伴宿祢家持作之。］

原文：明日よりは　継ぎて聞こえむ　ほととぎす　一夜のからに　恋ひ渡るかも（18·4069）

右の一首、羽咋郡の擬主帳能登臣乙美作る。

译文：自从明日起，常有杜鹃声，莫为今宵故，仓皇起恋情。（18·4069）

上一首，羽咋郡拟主帐能登臣乙美作之。

赏析：这组歌群一共四首，作于天平二十年（748）4月1日。在久米广绳官府召开的宴会上，越中官人们均以霍公鸟为题材，歌咏了期待霍公鸟初鸣

的迫切心声。霍公鸟作为宴会诗歌的素材，展现了其独特的魅力。

4066 太阴历中日历与月亮的运转相对应。每一轮月亮的运转都是新月之日。因此，月份更替用"月出（月立つ）"表记。这一首是家持作品，卯花开月，霍公鸟啼鸣。这一观念可见于 8·1472、10·1953。卯花一般于阴历四月中旬至五月下旬盛开。卯花开意味着日历上季节感的变更，暗示了作者对霍公鸟的期待。

4067—4069 首均表达了期待杜鹃啼鸣的迫切心情。其中，4068 左注中显示这是立夏的前一天，明确体现了家持的历法意识。历法意识初见于持统朝的和歌中（1·28、10·1812），大伴家持将之运用至巅峰。

原文： 霍公鳥を詠みし歌一首

二上の　峰の上の繁に　隠りにし　そのほととぎす　待てど来鳴かず
（19·4239）

译文： 咏霍公鸟歌一首

二上山峰上，繁笼把鸟惊，杜鹃虽有意，也自不来鸣。（19·4239）

上，四月十六日，大伴宿祢家持作之。

赏析： 这一首和歌作于天平胜宝三年（751）4 月 16 日。

二上山因杜鹃鸟而闻名。根据《日本历日原典》，这一年的立夏是 4 月 5 日。可是，立夏过后已经十多天了，杜鹃鸟还没啼叫。这一哀叹再次印证了家持对"杨花落尽子规啼"这一典故的熟知。

家持作有 64 首霍公鸟诗歌。"也自不来鸣（待てど来鳴かぬ）"是关于霍公鸟的惯用表达。这种将霍公鸟拟人化的表达技巧在家持诗歌里尤为突出。

以上和歌显示，杜鹃鸟是立夏时节最具代表性的风物。

三　秋

在与秋天相关的和歌中，秋风、秋草、秋荻、秋山、七夕、鹿、蝉、蟋蟀、黄叶、田野、月夜、秋夜等歌语相继登场。学者横井博在论著《万葉集の季節歌と季節語》调查了与秋季相关的和歌，具体物候及出现个数统计如下表。

表 6–1 秋歌中的物候

天文	秋风 57	雾 62	露 88	霜露 26	霜 32	时雨 38
时令	秋 191	七夕 121	长夜 14			
动物	雁 68	鹿 58	青蛙 20	晚蝉 9	蟋蟀 7	
植物	黄叶 94	红瞿麦 28	荻花 141			

1. 咏雁

原文：穂積皇子の御歌二首

今朝の朝明 雁が音聞きつ 春日山 もみちにけらし 我が心痛し
（8・1513）

译文：穗积皇子御歌二首

今朝闻雁音，使我顿伤心，春日山头上，秋来红叶深。（8・1513）

原文：但馬皇女の御歌一首

言繁き 里に住まずは 今朝鳴きし 雁にたぐひて 行かましものを
（8・1515）

译文：但马皇女御歌一首

事繁居闹市，闹市太纷忙，今日闻鸣雁，不如逐雁行。（8・1515）

赏析：穗积皇子、高市皇子与但马皇女的父亲为天武天皇。尽管关于高市皇子与但马皇女的关系有诸多说法，有夫妻说、同居说等等，但后来穗积皇子与但马皇女相互吸引，成为恋人的事实是不容动摇的。这两首和歌借雁与红叶倾诉了二人的相思。1513 皇子闻雁声而心伤，春山的繁花谢而不复，只余秋日凄美的红叶点缀枝头。1515 流言四起，人世嘈杂琐碎，歌人闻见清越雁鸣，只想追逐飞雁与爱人一同离开。雁鸣渲染了悲伤的氛围，逐雁则表达了对自由的向往。

原文：雁がねの 来鳴きしなへに 韓衣 竜田の山は もみちそめたり
（10・2194）

译文：秋至雁高飞，闻声已可知，龙田山上树，红叶染成时。(10・2194)

赏析：大雁随着深秋的到来飞至日本，恰逢红枫层叠尽染，秋色浓郁。这部作品捕捉了季节的变化。所谓韩衣，是从朝鲜半岛和中国等外国传来的颜色

鲜艳的衣服。制作韩衣需要剪裁布料。因为日语中"裁"和"龙"的发音相同，所以，"韩衣"是"龙田"的枕词。虽然很多情况下枕词本身并没有什么意义，但是在这首歌中，"韩衣"成为衬托红叶更加鲜艳的重要存在。

2. 咏蛙

原文： 草枕 旅に物思ひ 我が聞けば 夕かたまけて 鳴くかはづかも（10・2163）

译文： 羁旅相思际，吾闻召唤声，夜来难独卧，处处有蛙鸣。(10・2163)

赏析： 这是一首感伤旅怀之作。长夜苦寂，歌人独卧逆旅，辗转难眠，蛙声阵阵更衬得孤夜凄清，心中躁郁。歌作将羁旅之人的忧思与无限惆怅尽数道出。如果说日常是沙漏计算的时间，在不经意间流逝，那么旅行就是花钟里的时间，每一分每一秒都会让旅人感慨伤怀。

3. 咏花

原文： 花を詠む

さ雄鹿の 心相思ふ 秋萩の しぐれの降るに 散らくし惜しも（10・2094）

译文： 咏花

雄鹿心相念，荻花野地馨，不图时雨降，可惜又飘零。（10・2094）

《柿本朝臣人麻吕之歌集》出。

赏析： 这是柿本人麻吕的歌作。适逢雄鹿恋妻的季节，然而楚楚可怜的荻花却随雨飘落，令人惋惜。歌中将荻花比喻为雌鹿，痛惜之情尤甚，将自然的情趣抒写得优美动人。荻花在中国文学中不受瞩目，而在和歌世界中，荻花常被喻为雄鹿的妻子，有访妻之意。这一组合是受到了梅与春莺的启发，属于日本独创。

荻花在万叶植物中出现次数最多，远远超过排名第二的梅花。动物中，除去鸟类，前两名分别是马与鹿。马与季节无关，因此，秋天的代表性动植物当属鹿与荻花。

歌咏荻花与鹿的和歌共有24首，其中半数将荻花比喻为雌鹿。可见，在万叶后期，将二者以恋人形象吟咏的方式已然成为定式。

原文： 大宰帅大伴卿の歌二首

我が岡に　さ雄鹿来鳴く　初萩の　花妻問ひに　来鳴くさ雄鹿（8・1541）

译文： 太宰帅大伴卿歌二首

雄鹿来吾岳，长鸣问好花，花妻真正好，雄鹿亦矜夸。（8・1541）

赏析： 这一首大伴旅人的和歌比2094人麻吕的歌作晚了约30年。将雄鹿和花拟人化，矫健优美的野兽低首轻嗅一朵小小的花儿，对她发出赞美般的长鸣。"初萩的花妻"，这一表达优美而富有野趣，更加明确了二者之间的关系。

原文： 秋萩の　散り過ぎ行かば　さ雄鹿は　わび鳴きせむな　見ずはともしみ（10・2152）

译文： 荻花已散落，无处见花妻，雄鹿鸣声苦，悲凉意转迷。（10・2152）

原文： 秋萩の　咲きたる野辺は　さ雄鹿そ　露を分けつつ　妻問ひしける（10・2153）

译文： 野地荻花盛，雄鹿不低迷，分清花与露，处处问花妻。（10・2153）

赏析： 2152荻花凋零后，雄鹿的鸣叫凄凉寂寞。2153在荻花盛开的原野，雄鹿踏露寻找伴侣。歌作中既呈现了荻花、雄鹿、露水这富有秋野情趣的景观，又暗含了访妻之意，凝聚了万叶时代的风物人情。

4. 咏秋

原文： 大伴宿祢家持の秋の歌三首

秋の野に　咲ける秋萩　秋風に　なびける上に　秋の露置けり（8・1597）

译文： 大伴宿祢家持秋歌三首

秋野秋花开，秋风阵阵来，秋花随处靡，秋露降临哉。（8・1597）

原文： さ雄鹿の　朝立つ野辺の　秋萩に　玉と見るまで　置ける白露（8・1598）

译文： 朝来雄鹿至，旷野望秋花。白露花中见，当成白玉夸。（8・1598）

原文： さ雄鹿の　胸別けにかも　秋萩の　散り過ぎにける　盛りかも去ぬる（8・1599）

右、天平十五年癸未の秋八月、物色を見て作りしものなり。

译文： 雄鹿胸冲落，抑花过盛时，秋花今散落，原故两难知。（8・1599）

上，天平十五年癸未秋八月见物色作。

赏析： 这三首和歌中凝聚了数个秋天的风物：秋野、荻花、秋风、秋露、雄

鹿，描绘出一幅幅绚丽的秋景。1597 秋天的原野上，盛开的胡枝子在秋风中摇曳，又落上了秋露。秋风吹过，让人感到浓浓的秋意。每一滴秋露又使得愁思更浓。

1598 清晨的原野上，雄鹿伫立观望，胡枝子沾满白露。鹿、萩、白露三点布景作为秋季清晨一道独特的风景。清爽的空气中，飘落的露珠如同白玉，让人深感亲切。

1599 胡枝子飘零，是因为雄鹿雌伏，还是因为盛时已过。一片落叶渲染了秋色，一季落花沧桑了流年。歌中描写的景物鹿、萩、露等虽都不算新颖，但是却构成了一幅完美的深秋画面，使景与情融为一体。

文化：左注中的"物色"是受到中国文学的影响。铁野昌宏指出《物色》是《文心雕龙》的第 46 篇，通过自然现象对文学创作的影响，来论述文学与现实的关系。"春秋代序，阴阳惨舒，物色之动，心亦摇焉。"刘勰从四时的变化必然影响万物的一般道理，进而说明物色对人的巨大感染力量，不同的季节也使作者产生不同的思想感情。根据这种现象，刘勰提炼出一条基本原理："岁有其物，物有其容；情以物迁，辞以情发。"相当精辟地概括了文学创作和自然景物的关系。大伴家持借用"物色"这一诗学理论进行自然描写、融景于情，进行了歌学的新尝试，创作出系列的"花鸟歌"。

5.红叶

原文：大津皇子の御歌一首

経もなく 緯も定めず 娘子らが 織るもみち葉に 霜な降りそね
（8・1512）

译文：大津皇子御歌一首

经纬都无有，真劳少女心，织成红叶锦，霜露莫来侵。（8・1512）

赏析：歌人别具匠心地将满地落叶形容成少女织就的锦缎，覆盖于大地，使万物免受寒冬的侵扰。大津皇子荣冠天下、诗才卓越，被誉为日本的"汉诗之祖"。《怀风藻》中收录其汉诗"天纸风笔画云鹤，山机霜杼织叶锦"。这首和歌与汉诗有着深厚渊源，体现了皇子恢弘的格局、深厚的汉诗文素养。

6. 秋月与蟋蟀

原文：湯原王の蟋蟀の歌一首

夕月夜 心もしのに 白露の 置くこの庭に こほろぎ鳴くも（8·1552）

译文：汤原王蟋蟀歌一首

今宵逢月夜，心事满柔情，白露从天降，庭中蟋蟀鸣。（8·1552）

赏析：汤原王是志贵皇子之子，是天平前期的代表歌人之一。兄弟中有光仁天皇、春日王、海上女王等。

明月夜，白露降，蟋蟀鸣，景物错落有致，秋趣盎然。明月与白露同是悲秋的意象，汤原王在这祥和的景致中，诉诸"心事满柔情"，让读者深切地感受到满腹柔情，营造了类似于"梨花院落溶溶月，柳絮池塘淡淡风"的伤感氛围。

7. 秋立

"秋立つ"经常出现于立秋前后的七夕仪式中。例如：

原文：安貴王の歌一首

秋立ちて 幾日もあらねば この寝ぬる 朝明の風は 手元寒しも
（8·1555）

译文：安贵王歌一首

立秋才几日，秋意已阑珊，睡起晨风至，秋风吹袖寒。（8·1555）

赏析：秋日短暂，方才立秋，晨风中便已夹杂着隐隐冬意。《万叶集全注》中指出"立秋这一节气知识在万叶后期已经广为人知。"学者多田一臣指出这首歌参考了《艺文类聚》的"立秋之日，凉风至"。

原文：わがやどの 萩咲きにけり 秋風の 吹かむを待たば いと遠みかも
（19·4219）

右の一首は、六月十五日に、萩の早花を見て作りしものなり。

译文：门前芽子花，开出多清婉，欲待秋风吹，此时犹太远。（19·4219）
上一首，六月十五日见芽子早花作之。

赏析：在当时的风俗中，往往将芽子花看作女性，秋风看作男性，歌中体现了芽子花楚楚动人之感。

与"年内立春"歌同年秋天，大伴家持歌咏"立秋"。

原文：時の花　いやめづらしも　かくしこそ　見し明らめめ　秋立つごとに（20·4485）

译文：开时花色好，如此看花情，每到秋来日，荻花入眼明。（20·4485）

赏析：这首歌作于天平胜宝九年（757），荻花花色鲜亮，伴随着秋天而到来，使人看了便喜欢，心情舒朗畅快。关于"立"，多田一臣认为"'立'是神灵作为有形物的显现，秋季的到来正是神的旨意。"

8. 咏芳

原文：芳を詠む

高松の　この峰も狭に　笠立てて　満ち盛りたる　秋の香の良さ（10·2233）

译文：咏芳一首

高松山顶窄，秋草多如笠，草盛发秋香，好香殊可吸。（10·2233）

赏析：这一首歌咏了松伞蘑的芳香。高松立于险峰，颗颗松茸张开伞盖，芬芳四溢，浓郁怡人。随风飘散着的松茸清香是秋日香气的代表。

高松山即高円山，北与春日山相连，是奈良朝人们喜爱的行乐地之一。尤其是秋天时，风情迷人，备受人们喜爱。因此，歌颂高松山之秋的和歌特别多。《万叶集》中描写芳香的和歌很少，通常集中在后期，歌咏的对象一般也局限于梅和橘。因此，本首和歌的素材可谓罕见非常，对于我们了解万叶人的嗅觉来说是非常珍贵的文本资料。

四　冬

1. 冬的到来

原文：秋の田の　我が刈りばかの　過ぎぬれば　雁が音聞こゆ　冬かたまけて（10·2133）

译文：秋田吾割了，又听雁鸣声，闻雁喧声起，冬天向此行。（10·2133）

赏析：这一首和歌收录于秋杂歌中，具体地展现了万叶时代人们是如何迎

接冬天的。稻田的收获、大雁的来访，都意味着冬天的接近。

在《万叶集》中，除冬季外，其他季节都有歌咏这个季节的风物和盼望其到来的和歌。例如以下几首：

原文：梅の花 今盛りなり 百鳥の 声の恋しき 春来たるらし （5·834）

[少令史田氏肥人]

译文：梅花今日盛，百鸟又争鸣，鸣声诚可恋，春至一阳生。（5·834）

少令史田氏肥人

原文：朝霞 たなびく野辺に あしひきの 山ほととぎす いつか来鳴かむ （10·1940）

译文：朝霞绕野边，忽有鸟声传，山上何时起，来鸣此杜鹃。（10·1940）

原文：秋さらば 今も見るごと 妻恋ひに 鹿鳴かむ山そ 高野原の上 （1·84）

译文：高野原头上，鹿鸣在恋妻，秋来今若此，不觉念深闺。（1·84）

赏析：以上三首分别歌咏了春至梅花盛开、夏至杜鹃争鸣、秋至鹿鸣恋妻，借用每一季的风物诗表达了对这一季的期盼。相比之下，歌咏冬季的和歌数量极少，期待冬季到来的歌几乎没有。为数不多的和歌中，歌咏最多的意象即是雪。

2. 咏雪

原文：角朝臣広弁の雪梅の歌一首

沫雪に 降らえて咲ける 梅の花 君がり遣らば よそへてむかも （8·1641）

译文：角朝臣广辨雪梅歌一首

雪片纷纷降，梅花也盛开，摘花持赠去，雪片任君猜。(8·1641)

赏析：这是角朝臣广辨赠送给恋人的歌。雪花飘落于梅花，一并赠予心爱的你。卑微的爱慕之心如同梅花在寒冷的季节也勇敢地绽放。此外，梅花是迎来春天的先驱之花。因其先导的角色而成为人们的话题，暗喻了我对你的爱恋也如传言那样。樱花固然华丽，但是梅花每一瓣都有存在感，象征着坚定与勇敢。

原文：夜を寒み　朝戸を開き　出で見れば　庭もはだらに　み雪降りたり（10・2318）

译文：昨夜不胜寒，朝来出户看，庭前斑点在，已有雪花残。（10・2318）

原文：大伴宿祢家持の雪梅の歌一首

今日降りし　雪に競ひて　我がやどの　冬木の梅は　花咲きにけり（8・1649）

译文：大伴宿祢家持雪梅歌一首

我屋门前树，寒梅已著花，今朝飞雪后，梅雪竞争夸。（8・1649）

赏析：以上两首和歌都歌咏了冬季的雪景。冬梅绽放，与雪争芳。梅雪竞艳，让人不由得想到"梅须逊雪三分白，雪却输梅一段香"。

原文：葛井連諸会の、詔に応へし歌一首

新しき　年の初めに　豊の稔　しるすとならし　雪の降れるは（17・3925）

译文：葛井连诸会应诏歌一首

兹际新年始，雪花飞满天，万民应有幸，白雪兆丰年。（17・3925）

原文：大伴宿祢家持、詔に応へし歌一首

大宮の　内にも外にも　光るまで　降れる白雪　見れど飽かぬかも（17・3926）

译文：大伴宿祢家持应诏歌一首

皇宫遍内外，白雪映光辉，幸运知何似，长看白雪飞。（17・3926）

赏析：天平十八年（756）1月，由于积雪堆积，橘诸兄率领诸王在元正天皇御所铲雪。元正天皇设酒宴款待众卿，并下诏"以雪为题材吟咏和歌"。以上两首和歌为当时所作，皆体现了瑞雪兆丰年的观念。

3. 橘

原文：冬十一月、左大弁葛城王等の、姓橘氏を賜はりし時の御製歌一首

橘は　実さへ花さへ　その葉さへ　枝に霜置けど　いや常葉の木（6・1009）

译文：冬十一月左大辨葛城王等赐姓橘氏之时御制歌一首

橘树实花叶，同枝并茂香，秋霜虽下降，绿叶总经常。(6・1009)

赏析：臣籍下降是指皇族脱离其身份，被赋予姓氏并降为臣子的户籍。这首歌是天平八年11月在庆祝葛城王被赐姓橘氏的宴会上圣武天皇吟诵的和歌，

内容是对植物橘的盛赞。人既可以赏其花朵，还能吃其果实。其叶子闪闪发光，即使枝头降霜也能保持绿色。正因为如此，橘这个姓寓意繁荣昌盛，被视为吉祥之物。

五　万叶人的季节感

卷8与卷10按季节分类收录了和歌，其明细如表6-2。

表6-2　卷8与卷10的季节和歌

卷号	分类	和歌数量	占本卷季节和歌的比例
卷8	春杂歌、相闻	47首	19.1%
	夏杂歌、相闻	46首	18.7%
	秋杂歌、相闻	125首	50.8%
	冬杂歌、相闻	28首	11.4%
卷10	春杂歌、相闻	125首	23.2%
	夏杂歌、相闻	59首	11%
	秋杂歌、相闻	316首	58.6%
	冬杂歌、相闻	39首	7.2%

与冬夏相比，歌咏春秋的和歌数量明显更多。尤其是歌咏秋天的和歌，在两卷均占半数以上。不仅是因为春秋气温适宜，适合亲近自然，更是因为春秋景物丰富，富有情趣，能引起诗人的兴致。

1. 寄雨

原文：安積親王の、左少弁藤原八束朝臣の家に宴せし日に、内舎人大伴宿祢家持が作りし歌一首

ひさかたの　雨は降りしけ　思ふ児が　やどに今夜は　明かして行かむ

（6·1040）

译文：安积亲王宴左少辨藤原八束朝臣家之日，内舍人大伴宿祢家持作

歌一首

夜雨零淋夜，与君共舍情，今宵欢聚后，明日远方行。（6·1040）

赏析：安积亲王是圣武天皇的第二皇子。这是在藤原八束家的宴会上与其一同到访的内舍人大伴家持吟诵的和歌。宴会中途下雨，家持吟诵道："因为下了这场雨，所以要在恋人家住到清晨。"这并不是真的想去恋人家，而是把八束的家比喻成恋人的家，想在这里畅饮到天明。

雨夜寄情，这也是家持引入交友论的尝试，即六朝时期盛行的用爱情表达友情的方式，表达了对友人的眷恋之情。

原文：雨に寄する

ひさかたの　雨には着ぬを　怪しくも　我が衣手は　干る時なきか（7·1371）

译文：寄雨

雨中从未住，可怪在于斯，吾袖经常湿，曾无干燥时。（7·1371）

赏析："ひさかたの"是引起"雨"的枕词。这首歌通过雨表达了思念的心情。我的衣袖没有干燥的时候。下雨淋湿是理所当然的，但是不可思议的是没有下雨衣袖却仍旧潮湿。这恐怕是因为眼泪湿了衣服。通过"雨""衣"等事物表现了恋慕之情和无法见面的寂寞感。

2. 咏天

原文：天を詠みき

天の海に　雲の波立ち　月の船　星の林に　漕ぎ隠る見ゆ（7·1068）

右の一首は、柿本朝臣人麻呂の歌集に出づ。

译文：咏天一首

浩浩天如海，浮云似海涛，月船来海面，隐渡星林高。（7·1068）

上一首，《柿本朝臣人麻呂之歌集》出

赏析：这一首出自《柿本朝臣人麻呂之歌集》，作者未详。《万叶集》中甚多左注出某某集者，非皆其人之作，或古传歌谣，或他人之作，只是录入集中。此歌为咏物作，描绘了至美的意境。浩瀚海天，云浪翻涌，月如行舟，摇入星林，是备受世人喜爱的万叶佳作。

3. 咏月

原文：春日山 おして照らせる この月は 妹が庭にも さやけかりけり
（7·1074）

译文：春日山头月，照临到板扉，妹家庭院里，处处有光辉。
（7·1074）

赏析：对于生活在平城京的人们来说，月亮从春日山升起，在生驹山落下。这首和歌吟诵了春日山升起的明月清辉照万方、倾泻于恋人家中的情景。清澈的月光和可爱的恋人重叠在一起，仰望夜空，心生光辉。

4. 羁旅

原文：静けくも 岸には波は 寄せけるか これの屋通し 聞きつつ居れば
（7·1237）

译文：大地悠然静，无人何所云，岸波相击处，声入室间闻。（7·1237）

赏析：卷七的特点是作者信息不详。这一首在杂歌的90首羁旅歌中是独树一帜的。《万叶集》中的羁旅歌或遥思家人，或是歌咏旅途风物，这一首诗歌的题材则非常普通，歌咏方式也极为简朴自然。大地自在默然，侧耳倾听，波浪拍打岸边，一声又一声，从遥远的海岸传入室内，让读者体会到天地间的寂静平和，如同进入无我之地，毫无杂念，唯留心灵与自然独处。《万叶集》中，如此沉浸于个人世界的作品非常少见。时至今日，读者仍能感觉到无限的魅力，可谓超越时代的佳作。

5. 遣新罗使人歌

原文：草枕 旅を苦しみ 恋ひ居れば 可也の山辺に さ雄鹿鳴くも
（15·3674）

译文：旅途成苦恋，叹息也无声，可也山边地，呦呦有鹿鸣。（15·3674）

赏析：这是天平八年遣新罗使人离开都城时的歌作。当时天花流行，很多人因此丧命。不难想象，这使得本来就很困难的旅行更是雪上加霜。听到在山边有雄鹿鸣叫，歌人不由得想起了奈良的风景和家乡的人们。雄鹿寻找雌鹿时，鹿鸣呦呦，带着哀愁远远地回响，更唤起了作者对亲人的思念。

6. 有缘由杂歌及传说歌

原文： 安積山　影さへ見ゆる　山の井の　浅き心を　我が思はなくに（16・3807）

右の歌は、伝に云はく、「葛城王の陸奥国に遣はされし時に、国司の祗承、緩怠なること異甚だし。時に王の意悦びず、怒色面に顕はれぬ。飲饌を設くと雖も、肯へて宴楽せざりき。ここに前の采女の風流なる娘子、左の手に觴を捧げ、右の手に水を持ち、王の膝を撃ちてこの歌を詠むこと有りき。乃ち王の意解け悦び、楽飲すること終日なりき」といふ。

译文： 安积香山影，见投山井中，浅心如浅井，不是我襟胸。（16・3807）

上歌，传云，葛城王遣于陆奥国之时，国司祗承缓怠异甚。于时王意不悦，怒色显面。虽设饮馔，不肯宴乐。于是有前采女，风流娘子，左手捧觞，右手持水，击之王膝，而咏此歌。尔乃王意解悦，乐饮终日。

赏析： 该歌没有题词，左注表明了作歌背景。左注中显示，葛城王遣于陆奥国之时，国司怠慢，王不悦。于是有前采女捧觞持水，敬献此歌，于是王悦。《古事记》雄略天皇三重采女段中可见相类似的传说，即采女通过诵歌来赞美天皇、安抚了王者愤怒的情绪。

郡司款待葛城王，是向使者表明对大和朝廷的归顺服从。陆奥国为了平反虾夷叛乱而设置军事机构。在此情况下，葛城王在宴会上发怒，不仅仅是因为个人情绪，更是针对郡司的反朝廷态度。对此情况，前采女吟诵"妾意不同山泉浅，深情一往未始宣"，其内容以及态度都表明了对朝廷的恭顺之意。

在当时，这首歌具有镇魂的意义。安积香山笼罩着国魂，投影于山井，将国魂笼罩的灵水奉上，由此来宣誓衷心的服从。《古今和歌集》假名序中著有"这首和歌作为见习歌，脍炙人口"之词。

原文： 穂積親王の御歌一首

家にありし　櫃に鍵刺し　蔵めてし　恋の奴が　つかみかかりて（16・3816）

右の歌一首は、穂積親王の、宴飲の日に、酒酣なる時に、好みてこの歌を誦ひ、以て恒の賞と為ししものなり。

译文： 穂积亲王御歌一首

家中藏柜里，加锁又加钉，恋爱成奴隶，此形役此心。（16・3816）

上歌一首，穗积亲王宴饮之日，酒酣之时，好诵斯歌，以为恒赏也。

赏析： 恋爱的奴隶，即使柜上加了锁，仍来扰我肝肠。"恋爱的奴隶"，这一表达将恋爱比喻为奴隶，恋情毫不留情地袭来，使自己痛苦。这可憎的恋情如同无知的奴隶，他们时而粗暴的行为使主人烦恼，二者在偶尔让人无奈上具有共性。当时的贵族使用大量的奴婢是比较常见的，因此这一比喻容易引发共鸣，让人忍俊不禁，也作为恋爱的表达常见于和歌中。例如，

原文： 面忘れ だにもえすやと 手握りて 打てども懲りず 恋といふ奴

（11・2574）

译文： 岂有恋人颜，能忘片刻间，握拳来责打，不悔恋人闲。（11・2574）

原文： ますらをの 聡き心も 今はなし 恋の奴に 我は死ぬべし

（12・2907）

译文： 丈夫聪慧心，今日已无矣，已是恋之奴，吾今应可死。（12・2907）

这首和歌流露出穗积亲王的真性情。

原文： 荒雄らは 妻子が業をば 思はずろ 年の八歳を 待てど来まさず

（16・3865）

右は、神亀年中を以て、大宰府、筑前国宗像郡の百姓宗形部津麻呂を差して、対馬送粮の船の柁師に宛てき。時に津麻呂、滓屋郡志賀村の白水郎荒雄の許に詣り語りて曰く、「僕小事有り、若し疑ふらくは許さざるか」といひき。荒雄答へて曰く、「走郡を異にすと雖も、船を同じくすること日久し。志兄弟よりも篤し。殉死すること在るとも、豈また辞せむや」といひき。津麻呂曰く、「府官、僕を差して対馬送粮の舶の柁師に宛てき。容歯衰老して海路に堪へず。故に来たりて祗候す。願はくは相替ることを垂れよ」といひき。ここに荒雄許諾して遂にかの事に従ひ、肥前国の浦県美祢良久の崎より船を発して、直ちに対馬を射して海を渡るに、登時忽ちに天暗冥にして、暴風雨に交り、竟に順風無く海中に沈み没りき。これに因りて妻子等犢慕に勝へず、この歌を裁作りきといふ。或いは云はく、「筑前国守山上憶良臣の、妻子の傷みに悲感して志を述べてこの歌を作りき」といふ。

译文： 荒雄真不念，妻子事如何，相待八年久，不归似逝波。（16・3865）

上，以神亀年中，太宰府差筑前国宗像郡之百姓宗形部津麻呂，充对马送

粮舶拖师也。于时，津麻吕谐于糟星郡志贺村白水郎荒雄之许，语曰：仆有小事，若疑不许欤。荒雄答曰：走虽异郡，同船日久，志笃兄弟，在于殉死，岂复辞哉。津麻吕曰：府官差仆充对马送粮舶拖师，容齿衰老，不堪海路，故来祇候，愿垂相赞矣。于是荒雄许诺遂从彼事，自肥前国松浦县美弥良久碕发舶，直射对马渡海。登时忽天暗冥，暴风交雨，竟无顺风，沉没海中焉。因斯妻子等，不胜恃慕，裁作此歌。或云，筑前国守山上忆良臣，悲感妻子之伤，述志而作此歌。

赏析： 这首和歌出自歌群"筑前国志贺白水郎歌十首"。歌群主题是怀念失踪遇难的白水郎。左注中记载了相关事件。神龟年中（724—728），筑前国向对马地区运送粮食，因原有拖师高龄等缘由，遂拜托海人荒雄。荒雄立即接受了任务，并向对马出发。荒雄途中遭遇暴风雨而遇难。山上忆良同情其妻儿，作此歌群缅怀故人。歌群通篇显示出熟练的作歌技巧，尤其是本歌，其主题和用词均显示出忆良的个性。

歌意为莫非荒雄不念妻儿生计，家人翘首以盼，八年都不见归还。"空待八年，不见其还"这一句表达了妻子无法相信丈夫遇难的悲痛心情。此外，忆良着眼于"妻儿的生计"这一现实问题，哀叹其全家的悲惨遭遇。这一现实的视角体现了山上忆良关怀民生、批判现实的特点。

荒雄遇难一事的起端是津麻吕的来访。津麻吕拜托荒雄代替自己去完成任务。所以从结果来看，荒雄为了道义牺牲了自己的家庭。因此，荒雄之死，意味着在道义与家庭这两大命题中，他选择了前者。这一选择，也是悲剧的起点。忆良从独特的视角道出社会的悲剧现实。

💡 思考题

1. 咏春和歌中经常使用哪些文学意象？
2. 秋歌中经常出现的物候有哪些？
3. 《万叶集》中吟诵最多的花是什么？寄托了歌人怎样的情感？
4. 简述万叶时代人们的季节观。

第七讲 相闻

相闻意味着赠答，无论是和歌的数量还是质量，恋人之间的赠答都占有绝对性的地位。相闻一方面继承了对歌的传统，保留了求婚的形式，另一方面出现了大量的创造性诗歌，歌咏了爱情的千姿百态，实现了文艺性的突破。

一 爱情

1. 最古老的相闻

原文： 天皇の、鏡王女に賜ひし御歌一首

妹が家も 継ぎて見ましを 大和なる 大島の嶺に 家もあらましを（2·91）

译文： 天皇赐镜王女御歌一首

日日望吾妹，妹家住岭崖，大和大岛岭，也愿住吾家。（2·91）

原文： 鏡王女の和し奉りし御歌一首

秋山の 木の下隠り 行く水の 我こそ益さめ 思ほすよりは（2·92）

译文： 镜王女奉和歌一首

秋山林下水，秋雨益洪波，秋水增吾愿，比君愿更多。（2·92）

赏析： 这首歌是天智天皇行幸难波时赠给留在近江宫的镜王女的一首和

歌。镜王女是个谜一般的人物，有一种说法是她是额田王的姐姐。另外，因其名字是镜王的女儿，也有说法是舒明天皇的皇女，即藤原镰足的正妻。集中共收录其诗歌 5 首。从《万叶集里》流传下来的相闻之歌中可以看出，她是一位集美貌和才华于一身的女性。

大岛所在不详，或是高安山。从难波难以看到近江宫。因此，虽然大岛岭看起来很远，但依旧希望岭上有阿妹家。这首歌通过思念留在家里的恋人来化解旅行的不安。爱屋及乌，就算只看一眼爱人的家，也能聊解思愁。这样的思慕之情可谓古今相通。镜王女的答歌曰：秋山树下，秋雨淅沥，流水潺潺，我的思恋，比君缠绵。

2. 爱的告白：歌垣

万叶时代，男女择偶婚配之际或丰收庆典的时刻，人们往往会集在一起，载歌载舞，庆贺一番。这种集体性的舞蹈表演，被称为"歌垣"。对歌的民谣主要用于求婚以及婚约等场合，属于集团性的行为。所以无论是邀请还是应答都具有实用性功能。年轻人之间的对歌素材都是共通的，内容上要求趣味性强，形式上要求能活跃气氛，如接龙或者否定等，既有智慧性，又具趣味性。这种社交性就是民谣的实用性功能。

原文：筑波嶺に登りて嬥歌の会を為せし日に作りし歌一首

鷲の住む　筑波の山の　裳羽服津の　その津の上に　率ひて　娘子壮士の　行き集ひ　かがふ嬥歌に　人妻に　我も交はらむ　我が妻に　人も言問へ　この山を　うしはく神の　昔より　禁めぬ行事ぞ　今日のみは　めぐしもな見そ　事も咎むな［嬥歌は東の俗の語に「かがひ」と曰ふ］（9・1759）

译文：登筑波岭为嬥歌会日作歌一首

鷲住筑波山，有裳羽服津，津上率往集，男女少壮人，
来赴嬥歌会，舞蹈歌唱新，他向我妻问，我与他妻亲，
自古不禁者，即此护山神，只今莫见怪，此事莫相嗔。（9・1759）

赏析：这首高桥虫麻吕吟诵的嬥歌会再现了当时男女对歌寻欢的情景，可以看到日本原始群婚的蛛丝马迹。

图 7-1　夫女石（筑波山的南斜面的两块巨岩，
分别表示男女。相传在这里举行过燿歌会）

文化： 筑波山是由男体的大山峰（西峰）和女体的大山峰（东峰）组成的双耳峰，海拔为 875.9 米（东峰），供奉筑波男神、筑波女神而成为信仰。该山自古以来就作为关东的名山被尊崇，山姿优美，常与富士山并提。

日本原始社会的婚姻形式经历了由群婚到对偶婚的转变过程。《常陆国风土记筑波郡》中也有关于燿歌会的记载。这是男女在两情相悦的前提下进行的一种肆意交欢的仪式。从其形式和性质来看，可将其视为原始社会曾经存在的群婚的遗俗。

3. 情窦初开

原文： 振分の 髪を短み 青草を 髪にたくらむ 妹をしそ思ふ（11·2540）

译文： 两边分短发，稚气尚充盈，发上加青草，青丝惹恋情。（11·2540）

赏析： 男女儿童的发型，皆从中间分开，齐肩短发、不束。这一首和歌中，童女还留着中分的短发，稚气未脱，却用青草束发，引人思恋。将青草结在发上，一方面是想束成少女的发型，如同少女般妩媚，另一方面是寄予头发青草般旺盛的生命力，期待其早日长长。而思恋这样的童女之人，可以想象是刚刚进入青春期的少年。这一首和歌体现了少年少女的朦胧的爱恋，让读者感到了情窦初开的甜蜜。

13·3307 中有关于童女发型的描述。

原文： 然れこそ 年の八年を 切り髪の よち子を過ぎ 橘の ほつ枝を過ぎて この川の 下にも長く 汝が心待て（13·3307）

译文：谁云不相念，相思我亦然，忆在八岁初，剪发已齐肩，与子偕行过，行过橘树前，河下水流长，长待汝心怜。（13·3307）

赏析：这一首歌中明确描述八岁的童女剪发齐肩。在当时，女子十三四岁后成人，成人后头发会留长，这样的发型被称为束发。例如，下一首中描述的"少女束起长发"。

原文：娘子らが 放りの髪を 木綿の山 雲なたなびき 家のあたり見む（7·1244）

译文：高梳少女发，形似木棉山，云雾莫环绕，家中亦可攀。（7·1244）

赏析：《续日本纪》庆云二年（705）12月记载，除侍奉神灵的女子及老年女子以外均需结发髻。侍奉神明的女子可以保留传统的垂发。

4. 访妻婚下的黎明

原文：今夜の 暁ぐたち 鳴く鶴の 思ひは過ぎず 恋こそまされ（10·2269）

译文：此夜虽云晓，鹤鸣苦不胜，相思情未去，恋意更加增。（10·2269）

原文：湯原王の七夕の歌二首

彦星の 思ひますらむ 心より 見る我苦し 夜のふけ行けば（8·1544）

译文：汤原王七夕歌两首

牛郎怀恋念，此意我全知，见此多辛苦，更深夜漏时。（8·1544）

原文：織女の 袖つぐ夕更の 暁は 川瀬の鶴は 鳴かずともよし（8·1545）

译文：织女牛郎俩，今宵共奈衾，银河河上鹤，报晓莫长鸣。（8·1545）

赏析：鹤的哀鸣听起来悲切、感伤，歌人用之比喻自己思恋的忧郁。这几首和歌将相思寄托于黎明前的鹤，表达了自己与鹤相同的思念恋人的心境。通过鹤歌咏对妻子的思念之情的和歌共有24首，其中约70%都是歌咏黎明前的鹤鸣。七八世纪的日本流行走婚制，夜晚是夫妻相会的时间段，黎明则意味着离别。因此，和歌多用黎明时的鹤鸣表达夫妻分别的痛苦。

文化：在中国文学世界中，鹤是"义鸟"，对于亲情爱情都非常执着，并且知恩图报，常用以指代忠贞的爱情或缠绵的亲情。如《搜神记》中著名的"兰

岩双鹤"的故事。

荥阳县南百余里，有兰岩山，峭拔千丈，常有双鹤，素羽皦然，日夕偶影翔集。相传云："昔有夫妇隐此山，数百年，化为双鹤，不绝往来。忽一旦，一鹤为人所害，其一鹤岁常哀鸣。至今响动岩谷，莫知其年岁也。"

此外，《渚宫旧事·补遗》有载，新阳太守将雌鹤和雄鹤分开，雌鹤送给湘东王，雄鹤就飞赴雌鹤身旁，"双鹤相逢，以舞共欣，可见其情"。

《艺文类聚》（卷八十四·宝玉部·珠）云："鹤雌雄双至，各衔明珠以报参焉。"

雌鹤雄鹤一同叼着明珠来，因为古人认为雌鹤雄鹤凡事皆共同进退，是忠贞爱情的代表。

"天地烟煴，百卉含花。鸣鹤交颈，雎鸠相和。"（《文选》卷十五·志中·张平子思玄赋）鹤一边鸣叫，一边把脖子缠绕在一起，形象地描写了鹤夫妻感情深厚、彼此恩爱的情形。

如上，在汉诗文中，鹤常用以代表忠贞的爱情、夫妻的离别。

原文：豊前国の娘子大宅女の歌一首［未だ姓氏を審らかにせず］

夕闇は 道たづたづし 月待ちて いませ我が背子 その間にも見む（4·709）

译文：丰前国娘子大宅女歌一首

黑夜难行路，劝君待月明，月明期待日，我亦愿逢君。（4·709）

赏析：丰前位于现福冈县东部与大分县西北部的交界之处。大宅女在卷6留有一首咏月歌（984）。脚注显示作者大宅女信息不详，学界则推测她是游女。《新潮日本古典集成》论述这一首与下一首都是在与大伴家持同席的宴会上所作。诗歌内容直白地陈述了自己的内心，即夜黑路险，劝君待月行，即使片刻，也愿尽情睹君颜，让人感受到爱情的难舍难分。犬养孝在《万叶恋歌》中评价这首作品让人感到超越时代的爱情真实，生动深刻。作者虽然并非著名的歌人，但是却能吟诵出如此朴素、细腻、充满真情的作品，给予读者深切的感动，被世人所传诵。

原文：朝戸出の 君が足結を 濡らす露原 早く起き 出でつつ我も 裳裾濡らさな（11·2357）

译文：露原君早出，足带湿肌肤，早起出门去，吾裙满露珠。（11·2357）

赏析：这一首和歌前半部分描述了清晨君归的情景，生动地再现了男人穿过沾满露水的草原，露湿绑腿的场景。后半部分抒发了女人的意志：吾亦愿同去，裳裾沾满露。既体现了女人的浓浓爱意，又抒发了依依惜别的感情。整首诗以个人抒情为主线，流淌着轻快、深邃的情愫。

青木生子曾在《万叶集的美与心》说过，正是因为爱情，才情愿被雨水霜露淋湿。这也是爱情的净化。这首和歌是柿本人麻吕模仿女性的口吻所作，着重于内心感情的表达。

原文：朝影に　我が身はなりぬ　玉かきる　ほのかに見えて　去にし児故に（11·2394）

译文：朝影瘦而长，我身成此影，为君在远行，仿佛梦中景。（11·2394）

赏析：古代的日本男子在黄昏之际去女子家中相会，清晨离别。清晨，对他们来说，意味着一夜欢愉的结束，也意味着即将迎来的依依别离。归途中，脚步沉重，身影瘦长。这"朝影"饱含着别离的寂寞，也是思念的投影。

这首和歌将自身转化为寂寞的虚影，隐喻了作者孤独的内心，也是一种将感情物化的表达。"朝影"也是瘦身的譬喻，意味着为恋情所扰。

此外，作者憔悴的另一个原因是对阿妹的思念。这既表达了对女子的相思，也表达了再见的渴望。跨越数千年，读者依旧能深刻地体会到作者的这一份为伊消得人憔悴的深情。

5. 邀约

原文：厚見王の、久米女郎に贈りし歌一首

やどにある　桜の花は　今もかも　松風疾み　地に散るらむ（8·1458）

译文：厚见王赠久米女郎歌一首

门户有樱花，令人只叹嗟，松风吹入疾，满地落如麻。（8·1458）

原文：久米女郎の報贈せし歌一首

世の中も　常にしあらねば　やどにある　桜の花の　散れるころかも（8·1459）

译文：久米女郎报赠歌一首

世上无常事，如何有叹嗟，顷时飞散者，岂止是樱花。（8·1459）

赏析：这是厚见王送给久米女郎的一首恋歌。厚见王是舍人亲王的儿子，也是天武天皇的孙子。"家里的樱花，现在是不是因为松树的风太大而散落在地上了呢？""屋户"这里指的是久米女郎的家，就像厚见王的家一样，用亲昵的表达来咏唱。"松风"指的是迎着松树的风，但这里也有挂词的作用。因"松"的发音与"等待"相同，因此，"松风"也意味着"迫不及待地等待男人的到来"。

久米郎女回赠道："世间本无常，正如这樱花零落。"也就是说，世事无常，如樱花般并非一直盛开，可能"顷时飞散"。换言之，人生苦短，希望厚见王早来相会。

6. 爱情中的等待

下面两首是大津皇子和石川郎女的赠答歌，堪称相闻歌名作。

原文：大津皇子の、石川郎女に贈りし御歌一首

あしひきの 山のしづくに 妹待つと 我立ち濡れぬ 山のしづくに
（2·107）

译文：大津皇子赠石川郎女御歌一首

山上有微雨，雨中待妹来，雨中吾待久，衣湿水盈腮。（2·107）

原文：石川郎女の和し奉りし歌一首

我を待つと 君が濡れけむ あしひきの 山のしづくに ならましものを
（2·108）

译文：石川郎女奉和歌一首

待我君衣湿，君衣不可分，愿为山上雨，有幸得逢君。（2·108）

赏析：大津皇子诉说了山雨中待妹来的心焦。针对大津皇子焦急等待的不满之情，石川的赠答歌中表达了愿化为山雨附君身的热切，不仅温柔地化解了恋人的怨气，还使用了诗词接龙以及形式上否定的技巧，将恋人抱怨的"山雨"巧妙地转化成自己对皇子爱的象征，体现了对歌的机敏与幽默。

在相闻的和歌中，一般是女人等待男人的到来。但在这首和歌中，大津皇子竟然在山中等待石川郎女的到来，这显得很不同寻常。这也可以窥视二人之

间特殊的关系。第110首和歌的题词中提到石川郎女与草壁皇太子关系深厚，是草壁皇子的侍妾。所以，从某种角度来说，大津皇子抢夺了草壁皇太子的爱人。

原文：大伴宿祢像见が歌一首

石上 降るとも雨に つつまめや 妹に逢はむと 言ひてしものを（4·664）

译文：大伴宿祢象见歌一首

与妹曾相约，相逢此日来，无情零落雨，作恶实堪哀。（4·664）

赏析：石上是一个地名，因为在那个地区有一个叫"ふる"的地方，"ふる"音同降雨的"降る"，所以"石上"是引起"下雨"的枕词。

在古代，雨具只有简易的雨伞，交通也不发达，因此下雨天外出是非常困难的事情。当时日本流行男性去妻子家走婚。如果下雨，前去赴约势必变得麻烦。因为没有现代的电话等联系方式，所以女性估计今天丈夫不会来了，也通常会放弃等待。但是，这首歌的作者大伴象见却在和歌中吟诵道，既然约好了，降雨又何妨。这也表明了强烈的爱意。在女性看来，在这样的雨天，爱人不畏困难前来，这也体现了对方的情深意切。

原文：花に寄せき

我がやどに 咲きたる梅を 月夜良み 夕々見せむ 君をこそ待て（10·2349）

译文：寄花一首

宅畔梅花开，良宵月作陪，期君能共赏，夜夜待君来。（10·2349）

赏析：在万叶时代，男性通常夜晚会去妻子或恋人的家中。但是因为交通工具不发达，在没有月亮的黑夜外出是很危险的。因此，男性去女性家大多是月亮出来的日子。这首和歌的作者是女性，她吟诵着月夜在庭院里赏梅的雅趣，邀请恋人来家里约会。而且不仅仅是一晚，她希望恋人夜夜都来。这可谓大胆直白的邀请歌。这首在月光下赏梅的浪漫和歌再现了1300年前恋人们约会的情景。

原文：春雨を 待つとにしあらし 我がやどの 若木の梅も いまだ含めり（4·792）

译文：人宜待春雨，春雨待时来，我舍梅花树，含苞尚未开。（4·792）

赏析："我家庭园的小树（我がやどの若木）"表示未成年的女孩，她到了花期也会从可爱的花蕾华丽地蜕变，成为娇俏的少女吧。歌中等待春雨降临，若梅含苞待放，暗含等待恋人成长的心境。

爱花的人既爱花蕾的娇嫩，又爱绽放的绚丽以及飘落的怜惜。正如人生，每个阶段都会有其相应的乐趣和魅力。

原文：馬の音の とどともすれば 松陰に 出でてぞ見つる けだし君かと（11・2653）

译文：有马远方至，蹄声得得闻，出门松下望，是否即吾君。（11・2653）

赏析：马蹄哒哒，忙去松阴望，是否郎君归。这首和歌体现了女子等待男子前来时的忐忑与雀跃。其中，"松"双关与"待"，这是常见的挂词技巧。《万叶集》中收录了多首与松相关的、描写女子等待的和歌。

在当时，马是非常昂贵的坐骑。能骑马前去与女子相会的男子并不多。因此，这首和歌中，骑马前来的阿哥想必是贵公子。语言是心灵的体现，这首歌作语调轻快、温柔，让读者眼前浮现出一位等待贵公子前来的温柔女性。

7. 禁忌之恋

原文：黄葉に寄せき

もみち葉の 過ぎかてぬ児を 人妻と 見つつやあらむ 恋しきものを（10・2297）

译文：寄黄叶

红叶有时过，恋人无过时，人妻常得见，恋意永秋思。（10・2297）

赏析：枫叶逐渐变红，转眼间就凋零了，这是引起"过"的枕词，强调了这一女子怎能错过。但是，从女子身着的和服可以看出她已是他人之妻。即便如此，这一见钟情的爱恋还是难以放下。

原文：あしひきの 山川水の 音に出でず 人の児ゆゑに 恋ひ渡るかも（12・3017）

译文：试听山河水，长流不出声，伊人吾所恋，隐恋岂无情。（12・3017）

赏析：这首和歌描绘了无法实现的爱情，因那是他人之妻。山川水湍急而下，与此激烈的声音相比，我热烈的爱恋却不能倾诉。无论哪个时代，都会存

在这种触不可及的爱。

8. 孤枕难眠

原文：蟋に寄せき

こほろぎの 待ち喜ぶる 秋の夜を 寝る験なし 枕と我とは（10・2264）

译文：寄蟋蟀一首

蟋蟀寻欢夜，可怜秋夜人，独眠难入睡，吾与枕相亲。（10・2264）

赏析：这是一首用蟋蟀表达心情的和歌。对于蟋蟀来说，秋天正是属于自己的季节，而夜晚则是可以尽情鸣叫的盛大舞台。作者听到蟋蟀的声音："盼望已久的秋夜终于来了！"，充满了欢喜与快乐。相比之下，自己身边却没有恋人。在本该能舒舒服服入眠的秋夜，枕头和我都是孤单一人，何其悲凉。蟋蟀快乐的声音，更加衬托了作者的孤独感。和歌世界里，蟋蟀的音色多用在寂寞的场合，但是像这首歌用于表现"高兴"的写法也别具一格。

9. 人言可畏

原文：但馬皇女の、高市皇子の宮に在りし時に、窃かに穂積皇子に接はりし事、既に形はれて御作りたまひし歌一首

人言を 繁み言痛み 己が世に いまだ渡らぬ 朝川渡る（2・116）

译文：但马皇女在高市皇子宫时，窃接穂积皇子，事既形而后御作歌一首

但觉人言苦，人言不可招，人生未渡水，早渡趁今朝。（2・116）

赏析：持统朝时期（686-697），但马皇女住在异母哥哥高市皇子的宫殿里。虽然没有其是妃子等的记载，但一般认为其是作为妻子同居的。这一首是当时的皇女和同为异母哥哥的穂积皇子幽会后所作。

"早渡趁今朝（朝川渡る）"这一句意味深长。中西进的《万叶集 全译注原文付》中指出"在中国，渡河是指男女私会。"这首歌中或许寓意着皇女决绝地踏入了私通这一个危险而又未知的世界，顶着流言蜚语，冒着危险，私会不应相见的人。幽会归来的清晨，想必要承受着巨大的压力。

二　亲子情

原文：天平五年癸酉、遣唐使の船の難波を発ちて海に入りし時に、親母の子に贈りし歌一首〈并せて短歌〉

秋萩を　妻どふ鹿こそ　独り子に　子持てりといへ　鹿子じもの　我が独り子の　草枕　旅にし行けば　竹玉を　しじに貫き垂れ　斎瓮に　木綿取り垂でて斎ひつつ　我が思ふ我が子　ま幸くありこそ（9・1790）

译文：天平五年癸酉遣唐使舶发难波入海之时，亲母赠子歌一首并短歌

荻花是鹿妻，一鹿只一子，我儿似鹿儿，独儿爱无比，

吾儿上旅途，我在家祭祀，竹珠垂作帘，棉帘垂户里，

我思我独儿，为儿求福祉。（9・1790）

原文：反歌

旅人の　宿りせむ野に　霜降らば　我が子羽裹め　天の鶴群（9・1791）

译文：反歌

旅人宿野地，若是降寒霜，但愿群飞鹤，覆儿把翼张。（9・1791）

赏析：这首和歌表述了一位母亲在儿子作为遣唐使临行前所作的祈愿。将自己喻为"荻花"，丈夫为"雄鹿"，儿子为"鹿儿"。为了"鹿儿"旅途顺遂，"我"在家中静静祈祷，向神灵求得福祉和护佑。当时，遣唐使一般通过海路前往大唐，路途艰险，随时有生命危险。故而，歌中饱含了母亲深深的担忧和深沉的爱，是《万叶集》中歌咏亲情的代表作。井上通泰(1932)指出"'但愿群飞鹤，覆儿把翼张'这句诗词即使是作歌技巧娴熟的人也不能轻易吟出的诗句。可能是参考了《史记·周本纪》周后稷出生时的情形：'而弃渠中冰上，飞鸟以其翼覆荐之'。如此深谙中国文学，想必一定不是无名之辈所作。"

原文：大伴坂上郎女の歌二首

玉守に　玉は授けて　かつがつも　枕と我は　いざ二人寝む（4・652）

译文：明珠持授汝，应作玉人怜，吾且偕吾枕，二人遂共眠。（4・652）

赏析：大伴坂上郎女有两个女儿，大娘和二娘，女婿分别为大伴家持、大

伴骏河麻吕。这首和歌中，郎女将女儿比喻为玉，将女婿喻为守护玉的人。从作歌时间以及前后作品的作者来看，"明珠"是指二女儿。

对于这部作品的评价褒贬不一。土屋文明认为作品内容庸俗，"吾与枕眠"，格调低俗。与此相对，其他万叶学者大多予以高评。佐佐木信纲等学者指出，这部作品吟诵了吾家有女出嫁后母亲的复杂心情，既有些寂寞、低落、空虚，又为女儿有了好的归宿而感到开心与欣慰。

三　兄弟姐妹情

原文：大伴田村大嬢、妹坂上大嬢に与ふる歌二首

我がやどに　もみつかへるて　見るごとに　妹をかけつつ　恋ひぬ日はなし（8・1623）

译文：大伴田村大娘与妹坂上大娘歌二首

我宅鸡冠花，朱红颜色美，见之想妹颜，悬念无时已。（8・1623）

赏析：每当看见庭院里的枫叶染红时，会情不自禁地怀念你。《万叶集》里"妹"一般指的是恋人，而这首歌的赠送对象是妹妹坂上大娘。姐妹之间这样的爱情赠答虽然不常见，但如同恋人般吟诵风花雪月，乃是姐妹间的一种乐趣。

四　古今相闻往来歌

1. 羁旅发思

原文：旅にありて　恋ふれば苦し　いつしかも　都に行きて　君が目を見む（12・3136）

译文：作客他乡远，恋情亦苦艰，早回京里去，一睹好君颜。（12・3136）

赏析：在交通工具还不发达的古代，漫长的旅途需要耗费大量的时间，而且伴随着危险，是痛苦的象征。因此，万叶歌中也有很多和歌歌唱旅行的痛苦。

在旅途中，作者一边想着远在京城的恋人，一边吐露着相思凄苦："什么时候才能回到京城，看到你的眼睛呢？"在现代，相思时会说想看到你的容颜。而在当时，一般表达为"想看到你的眼睛"。因为一看眼睛就能马上明白对方对自己的感情，通过眼睛更能传情，"眉目传情"即是此意。

原文：草枕 旅の衣の 紐解けて 思ほゆるかも この年ころは（12·3146）

译文：旅中衣纽解，此夜异乡情，是否家中妹，相思直到明。（12·3146）

赏析：枕草表示旅行的艰辛。因此，一般用"草枕"作旅行的枕词。旅行途中衣带自解，这是不是家中妻相思所致。

当时的习俗是在旅行出发时，女人会为男人系上衣带。每个女性都有自己独特的系法，因此，男性回来的时候，就可以知道解开的痕迹。一种说法是可以通过衣纽是否解开来鉴别男人是否忠贞，另一种说法是女人强烈的思念会导致衣纽自行解开。

2. 寄物陈思

原文：ぬばたまの 黒髪山の 山菅に 小雨降りしき しくしく思ほゆ（11·2456）

译文：悠悠黑发山，雨漫山间草，细雨益频繁，思人多懊恼。（11·2456）

赏析："降りしき"表示雨一直下个不停的样子，这是引出后面"しくしく"的序词。在现代日语里，"しくしく"经常用于"哭"，但是在古代，它是用来表示长时间的思念。与熊熊燃烧的热恋不同，这首歌传达了对爱人永远不变的心意。

3. 遣新罗使人歌

原文：新羅に遣はされし使人等、別れを悲しみて贈答し、海路に及びて情を慟めて思ひを陳べき。所に当たりて誦ひし古歌を并せたり

君が行く 海辺の宿に 霧立たば 我が立ち嘆く 息と知りませ（15·3580）

译文：遣新罗使人等悲别赠答及海路恸情陈思并当所诵咏之古歌

君行到海边，宿处雾弥漫，定是吾长叹，君知应早还。（15·3580）

原文：秋さらば 相見むものを なにしかも 霧に立つべく 嘆きしまさむ（15·3581）

译文： 明年秋日到，相见自相亲，何必雾中立，徒然叹息频。（15·3581）

赏析： 题词中明示了和歌的种类，从3578-3588的11首歌为悲别赠答的和歌。其中有在海上航行时抒发悲伤之情的和歌，也有在各地咏唱的古歌。

夫君即将踏上旅程，这一首是妻子依依惜别的赠歌。前三句遥想了夫君在旅途中夜宿海边的情景。当时，即使是海上航行，夜晚也是宿于陆地。这首和歌中"海边的宿处（海辺の宿）"这一表达也印证了这一点。"云雾起，可知是我的叹息"这一句为这首和歌注入了灵魂。这一表达，凝聚了妻子的恋恋不舍之心。海边的宿屋和迷雾这一搭配更是渲染了旅途的哀愁。

答歌中可以想象丈夫温柔地抱住妻子的双肩，抚慰"秋天到，可相逢，何必立等长叹息"。雾化为叹息，这一手法在其他歌作中也有所体现，例如5·799、15·3615-3616。其中，3615-3616这两首明显是模仿本歌所创作。

原文： 我が故に　妹嘆くらし　風早の　浦の沖辺に　霧たなびけり
（15·3615）

译文： 定是因吾故，妹应叹息频，试看风速浦，海上雾如尘。（15·3615）

原文： 沖つ風　いたく吹きせば　我妹子が　嘆きの霧に　飽かましものを
（15·3616）

译文： 海风吹已急，吾妹叹应多，叹息凝成雾，空中亦饱和。（15·3616）

文化： 新罗，位于朝鲜半岛东南部，朝鲜半岛历史上的国家之一。天平八年（736）2月任阿倍朝臣继麻吕为遣新罗大使，6月出发。翌年1月，使团成员先后归国。

4. 中臣宅守与狭野茅上娘子的赠答歌

中臣宅守是东人的第七个儿子。狭野茅上娘子又名狭野弟上娘子，藏部女孺（后宫藏司的女官）。卷15的目录中记载如下：中臣宅守娶狭野茅上娘子时被判流放到越前国（今福井县）。原因可能与当时的政治情况有关，也有说法是因为他与狭野茅上娘子的结合是重婚，触犯了禁令。流罪从740年开始到741年夏天左右。763年，中臣宅守官任从五位下，次年因藤原仲麻吕之乱连坐被除名。

卷15收录了中臣宅守与狭野茅上娘子的赠答歌63首，据说是由编者大伴

家持重新编排，整体呈现出悲剧性爱情故事的感情基调。其中宅守的歌作40首，作品风格大体上是相同类型，偶有佳作。娘子23首，表达了对宅守的强烈思慕之情。

原文： あしひきの　山路越えむと　する君を　心に持ちて　安けくもなし（15・3723）

译文： 关山难越路，今日送君行，君在吾心上，难安是此情。（15・3723）

原文： 君が行く　道の長手を　繰り畳ね　焼き滅ぼさむ　天の火もがも（15・3724）

译文： 君行是长路，如席卷成团，愿有天来火，焚烧此席完。（15・3724）

赏析： 以上两首是娘子临别作歌。君将翻山去，道阻路且长，妹心不能安，唯愿漫漫长路叠成堆，天火一炬化成灰。

漫漫长路，意味着到流放地越前国的漫长旅程。《延喜式》中记载，从京都到武生，需要上七日、下四日、海路六日。娘子留在奈良京城，越前国可谓要翻山越岭的穷乡僻壤。

第3724首歌作一气呵成，感情激昂，是相闻佳作。尤其是在万叶女流歌人的豪华阵营中，狭野茅上娘子的这一首歌作语调激烈、语气强硬，展现了燃烧的激情，可谓她作品中的巅峰之作。

原文： 塵泥の　数にもあらぬ　我ゆゑに　思ひわぶらむ　妹がかなしさ（15・3727）

译文： 尘土真无数，卿情亦许多，因吾思寂寞，吾妹正悲歌。（15・3727）

原文： 恐みと　告らずありしを　み越路の　手向に立ちて　妹が名告りつ（15・3730）

译文： 旅途真可畏，莫告家中人，越路关山立，高呼唤妹名。（15・3730）

赏析： 这两首是中臣宅守的答歌。因为忌讳，一路缄口无言。直到献币越路神，才敢呼唤妹名。相较于娘子的强烈爱意，宅守的答歌略显中规中矩。

原文： 逢はむ日を　その日と知らず　常闇に　いづれの日まで　我恋ひ居らむ（15・3742）

译文： 重逢应有日，此日不能知，我恋无时已，天长地久时。（15・3742）

赏析： 这是宅守于流放地越中赠予娘子的14首中的一首。这组歌群分别

吟诵了白日相思心难安，夜晚思念难入眠。相思如此，昼夜不止，只能梦中频频相会。这一首更是表达了对重逢的期盼，以及期盼爱情地久天长的心愿。

原文： 帰り来る 人来れりと 言ひしかば ほとほと死にき 君かと思ひて（15·3772）

译文： 人有归来者，皇恩赦已闻，当时喜欲死，今日尚思君。（15·3772）

赏析：《续日本纪》记载：天平十二年（740）6月的大赦中，中臣宅守"不在赦免的范围内"。这一首直接与史实相关，尤为珍贵。

这首歌向宅守倾诉了初闻恩赦的喜悦与激动。"开心欲死的喜悦之情"，这一夸张的表达印证了娘子是一位激情洋溢的女歌人。她的歌作一般不歌颂现实，没有悲伤与失望，而是充满喜乐与希望。

原文： あらたまの 年の緒長く 逢はざれど 異しき心を 我が思はなくに（15·3775）

译文： 悠悠岁月去，虽则不相逢，岂有二心意，永恒是寸衷。（15·3775）

原文： 今日もかも 都なりせば 見まく欲り 西の御厩の 外に立てらまし（15·3776）

右の二首、中臣朝臣宅守

译文： 今日京都去，仍思见妹姿，宅西马厩外，我立待多时。（15·3776）

上二首，中臣朝臣宅守。

赏析： 这两首是宅守的答歌。3775 表示即使经年未见，也从未见异思迁，表达了对爱情忠贞的起誓。3776 如若在京城，今日也会在马厩边相会。其中西边的马厩是指右马寮。在户外相见，意味着两个人并非正式的婚姻关系。

思考题

1. 什么是相闻和歌？
2. 通过吟诵爱情的相闻和歌，简介万叶时代的婚姻制度。

挽歌是受到中国文学的影响而创作、从最初就以自我表现为目的的纯文学作品。记纪物语中的挽歌都是表达了作者悲痛心情的纯文学作品。万叶初期的挽歌也具有同样的性质。卷 14 的东歌中，编者特意按杂歌、相闻、挽歌这一标准来分类，但是其中挽歌只收录了一首。而且，这一首只是把卷 7 中的 1412 稍加修改而成。因此，可以说日本民间没有固有的挽歌传统。柿本人麻吕的宫廷挽歌与宫廷赞歌相同，都具有政治功能。

挽歌通常分为以下几种，一是临终诗，二是在殡宫时的挽歌，三是送葬时的挽歌。临终诗是亡者临终前的作品。这类作品通常没有悲切，而是具有寿歌的性质，类似于咒歌，即通过咒术为对方祈祷延寿。在殡宫时的挽歌同样并没有把亡者认作为亡灵，而是认为亡者处于假死的状态，正要实施咒术等仪式使之起死回生。葬送时的挽歌是在穷尽所有再生手段都无法使他起死回生时所作的歌，是对亡灵送葬时所吟诵的表达悲痛的和歌。从感情上来说，前两种属于贺歌，后面一种属于哀伤歌。无论是贺歌还是哀伤歌，因为都是描写濒死的作品，因此都被划分为挽歌。

一 临终诗

原文： 天皇の聖躬不豫の時に、大后の奉りし御歌一首

天の原 振り放け見れば 大君の 御寿は長く 天足らしたり （2・147）

译文： 天皇圣躬不豫之时，太后奉御歌一首

放眼天空望，天空万里圆，大王长御寿，永世有天年。（2・147）

赏析：《日本书纪》天智天皇十年（671）9月记载"天皇寝疾不予"。10月记载"天皇疾病弥留之际"。因此，太后作歌祈祷天皇早日康复，御寿长久，即天智天皇挽歌群2・147～155。太后是指天智天皇的皇后倭大后。这首歌的性质是镇魂歌，预祝天皇痊愈，具有祷告功能。

原文： 三年辛未、大納言大伴卿の、奈良の家に在りて、故郷を思ひし歌二首

しましくも 行きて見てしか 神奈備の 淵は浅せにて 瀬にかなるらむ （6・969）

译文： 三年辛未，大纳言大伴卿在宁乐家乡思故乡歌二首

须臾行一见，也慰思乡愁，故里神名火，深渊变浅洲。（6・969）

原文： 指進乃 栗栖の小野の 萩の花 散らむ時にし 行きて手向けむ （6・970）

译文： 犹忆栗栖野，荻花散路边，彼时行祭祀，花片做冥钱。（6・970）

赏析： 这里的故乡指的是大伴家族在迁居奈良之前的居住地飞鸟。旅人在此出生，并一直生活到壮年时期。在人生的最后时期，旅人心中满怀对故乡飞鸟无休止的思念之情："家乡的深潭是否已变成浅滩？胡枝子花凋零之际，让我们一起归乡祭神吧。"整首诗倾诉了诗人落叶归根的期盼。

二 殡宫之时的挽歌

1. "草壁皇子挽歌"——人麻吕的新视角

原文：日并皇子尊の殯宮の時に、柿本朝臣人麻吕が作りし歌一首〈并せて短歌〉

　　天地の　初めの時の　ひさかたの　天の河原に　八百万　千万神の　神集ひ集ひいまして　神はかり　はかりし時に　天照らす　日女の命〈一に云ふ「さしあがる　日女の命」〉　天をば　知らしめすと　葦原の　瑞穂の国を　天地の　寄り合ひの極み　知らしめす　神の命と　天雲の　八重かき分けて〈一に云ふ「天雲の　八重雲分けて」〉　神下し　いませまつりし　高照らす　日の皇子は　飛ぶ鳥の　清御原の宮に　神ながら　太敷きまして　天皇の　敷きます国と　天の原　石門を開き　神上がり　上がりいましぬ〈一に云ふ「神登り　いましにしかば」〉　我が大君　皇子の尊の　天の下　知らしめしせば　春花の　貴からむと　望月の　たたはしけむと　天の下〈一に云ふ「食国」〉　四方の人の　大船の　思ひ頼みて　天つ水　仰ぎて待つに　いかさまに　思ほしめせか　つれもなき　真弓の岡に　宮柱　太敷きいまし　みあらかを　高知りまして　朝言に　御言問はさず　日月の　まねくなりぬれ　そこ故に　皇子の宮人　行くへ知らずも〈一に云ふ「さす竹の　皇子の宮人　行くへ知らにす」（2・167）

　　反歌二首

　　ひさかたの　天見るごとく　仰ぎ見し　皇子の御門の　荒れまく惜しも（2・168）

　　あかねさす　日は照らせれど　ぬばたまの　夜渡る月の　隠らく惜しも［或本は、件の歌を以て後の皇子尊の殯宮の時の歌の反と為す］（2・169）

　　译文：日并皇子尊殡宫之时，柿本朝臣人麻吕作歌一首并短歌

　　天地初创时，齐聚天河原；天神千万尊，议事共商谈。

　　天照日女神，分掌上苍治；苇原瑞穗国，远至天地极；

　　交与神皇辖，幸临长治理。拨开重天云，日并皇子承；

　　飞鸟净宫坐，神镇天皇统；竟启天岩门，天界隐飞升。

皇子若治国，将如春花荣；亦若望日至，满月耀光明。

四方尽翘望，如盼甘霖降，未知缘何故，筑宫真弓冈，

殿堂高且大，朝朝无旨降。日月既已久，宫人尽彷徨。（2·167）

反歌二首

如望天际，仰见皇子宫室，将荒去，惜！（2·168）

虽常照，有红日，暗夜行空月，竟隐去，惜！（2·169）（赵乐甡译）

赏析： 持统三年（689），草壁皇子（日并皇子）病逝。柿本人麻吕吟诵的这首挽歌在挽歌史上具有举足轻重的地位，开启了挽歌的新方式。此前的挽歌主要是站在至亲或配偶的立场吟诵悲伤之情，但这首挽歌主要从政治的立场凸显了皇子的重要性，进而从民众的角度来哀叹皇子逝去的悲痛。此外，人麻吕还开创了挽歌的构成方法，基本结构为：序（神话或历史）+ 中心部分 + 尾声。后世的挽歌皆以此结构为蓝本。

这首挽歌的诗序部分出典为《古事记》和《日本书纪》，回顾了神代开天辟地的庄严场景。随后歌颂了草壁皇子作为光芒万丈的日神之子降临，如春花齐放、如满月明光、如甘露天降，体现了天皇为天神之后这一根本思想。最后歌咏了皇子逝去后，宫殿荒凉、暗夜行空的凄凉惋惜之情。

"天皇为天神之后"的思想在天武朝被奉行至上。目的是强调天皇治世的神圣性以及维护中央集权制。柿本人麻吕作为宫廷歌人，将以这一思想体现得淋漓尽致。

文化： 天武天皇吸取"壬申之乱"的教训，确立了嫡长子继承制。679年，天武天皇行幸吉野，下诏皇后、草壁皇子、大津皇子、高市皇子等人，要求他们发誓以后不会为了皇位而有所争夺，这件事史称为"吉野盟约"。681年，正式立草壁皇子为皇太子。因此，草壁皇子是史上首位被正式确立的太子。

2.日并皇子殡宫时舍人作挽歌

原文： 皇子尊の宫の舍人等の慟傷して作りし歌二十三首

朝日照る 佐田の岡辺に 群れ居つつ 我が泣く涙 やむ時もなし（2·177）

译文： 皇子尊宫舍人等恸伤歌二十三首

朝日临吾辈，群居佐太冈，冈边吾哭泣，泪落万千行。（2·177）

原文： 東の 多芸の御門に 侍へど 昨日も今日も 召す言もなし（2·184）

译文： 东泷有御门，侍候连宵旦，昨日与今朝，不闻来召唤。（2·184）

赏析： 草壁皇子去世后在殡宫时，舍人们悲痛作歌，这是从中精选的两首佳作。《职员令》中规定"春宫舍人600人"，其中有部分侍奉殡宫。

177 中写旭日照耀佐太冈，人群聚集，泪流不止。"旭日照耀"可见于189、192，宫殿以及佐太冈边朝阳辉煌。在实景中赞扬皇子，寓意着皇子如朝阳一般辉煌。此外，光辉灿烂的景物也与此刻的灰暗心情形成鲜明对比。

184 吟诵了昔日辉煌的宫殿，在失去主人后，呈现出一片空虚荒芜的景象。"昨日与今朝"这一表达并不仅仅指的这两日，而是暗含永恒性、持久性，表达了皇子再也不会召唤自己这一绝望的心情。这两首挽歌特征鲜明，表达的意向具体，结尾采用咏叹式，对卷 13 的挽歌歌群产生了巨大影响。

三　送葬之时的挽歌

追悼皇弟

原文： 大津皇子の屍を葛城の二上山に移し葬りし時に、大来皇女の哀傷して御作りたまひし歌二首

うつそみの 人なる我や 明日よりは 二上山を 弟と我が見む（2·165）

译文： 移葬大津皇子尸于葛城二上山之时大来皇女哀伤御作歌二首

我尚在红尘，君已离赤县，明朝二上山，与弟重相见。（2·165）

磯の上に 生ふるあしびを 手折らめど 見すべき君が ありといはなくに（2·166）

译文： 石上丛生树，繁开马醉花，赠君聊折取，君已去天涯。（2·166）

赏析： 大津皇子因谋反罪而被处刑，因此禁止为其设殡宫或举行葬礼。次年春天，朝廷因恐惧其亡灵作祟，允许将其尸骨葬于二上山。大津皇子被处刑后，姐姐大伯皇女从斋宫解任归京。父母及弟弟皆已不在，其内心充斥着孤独、空虚与悲愤。歌中咏叹了这世上只剩下自己的孤独。而也正因为如此，诗人将二上山的雄姿视为弟弟英姿的化身而加以守护。这也体现了古代人的信仰，即山中寄宿着亡者的灵魂。

四 追慕亡灵

1.柿本人麻吕悼念亡妻

原文： 柿本朝臣人麻呂の、妻死して後に、泣血哀慟して作りし歌二首〈并せて短歌〉

去年見てし 秋の月夜は 照らせども 相見し妹は いや年離る （2・211）

译文： 柿本朝臣人麻吕妻死之后泣血哀恸作歌二首并短歌

去岁清秋月，而今又照临，相逢吾妹子，已隔一年深。（2・211）

赏析： 这是柿本人麻吕于妻子死后所作歌作六首中的其中一首。六首分为两个歌群，各由长歌一首、反歌两首构成，分别吟诵了妻子死别后不久以及时隔一年后的心情。

"明月夜"是诗中的点睛之笔。月光如同去年所见，但一同赏月的人已远隔一年。去年今日月相同，今年今日人已逝。有同有异，有续有断。同者、续者，明月依旧；异者、断者，人面不见，人去楼空。此时彼时，这就产生了愈见其同，愈感其异，愈觉其续，愈伤其断的落差和对比。正是这种变与不变的对比相互交织、相互影响的心情，越发加剧了眼前的惆怅与寂寞，美好的回忆只能留于心头。这首歌同样收录于《拾遗集》卷20悲伤之中，评价颇高。中国文学中也有类似的表达，如"物是人非事事休，欲语泪先流""人面不知何处去，桃花依旧笑春风"。

2.大伴旅人追慕亡妻

728年，大伴郎女随夫赴任九州后，不久便因病在大宰府离世。

原文： 神亀五年戊辰、大宰帥大伴卿の故人を思ひ恋ひし歌三首

愛しき 人のまきてし しきたへの 我が手枕を まく人あらめや （3・438）

右の一首は、別れ去りて数旬を経て作りし歌

译文： 神龟五年戊辰，大宰帅大伴卿思念故人歌三首

爱人曾枕此，见枕令人哀，今日手边枕，何人会再来。（3・438）

上一首，别去而经数旬作歌。

原文：帰るべく　時はなりけり　都にて　誰が手本をか　我が枕かむ
（3・439）

译文：已是归都日，还都亦可怜，京师谁尚在，可共枕衾眠。（3・439）

原文：都なる　荒れたる家に　ひとり寝ば　旅にまさりて　苦しかるべし
（3・440）

右の二首、京に向かふ時に臨近づきて作りし歌

译文：京师家尚在，家在已荒芜，独宿多愁苦，不如在旅途。（3・440）

上二首，临近向京之时作歌。

赏析：438首左注显示，这是爱妻大伴郎女离世数十日后的诗作。诗人率真地表达了孤枕难眠的悲痛，以及追悼亡妻的至真的思念。日本国学大家佐佐木信纲评价"作者时年64岁，以此高龄吟此佳作，体现出万叶人的率真，实则令人钦佩。"

第439、440首作于丧妻之后、回京之前。翘望京师，旅途虽然艰辛，但却不比丧妻之苦。诗人一想到家中荒凉，今后独枕难眠，便倍感凄苦。

原文：故郷の家に還り入りて、即ち作る歌三首

人もなき　空しき家は　草まくら　旅にまさりて　苦しかりけり（3・451）

译文：还入故乡家即作歌三首

寂寞无人住，徘徊空有家，旅途虽觉苦，未若此堪嗟。（3・451）

原文：妹として　二人作りし　我が山斎は　木高く繁く　なりにけるかも
（3・452）

译文：二人曾协力，共作此山斋，今日多高树，繁荣荫满阶。（3・452）

原文：我妹子が　植ゑし梅の木　見るごとに　心むせつつ　涙し流る
（3・453）

译文：吾妹曾亲植，梅花不识愁，树犹如此盛，呜咽泪横流。（3・453）

赏析：这三首为一组，451吟诵了空荡荒芜的家。诗人刚结束了在异乡的三年失意生活，返乡原本是无比雀跃的。但是，如今却因为爱妻的离去，家中一片荒凉，心中亦充满苦楚。452中，昔日一起栽树的人已不在，庭院却依旧枝繁叶茂，歌人叹息岁月的变迁与人事的变更，心中愈加凄苦悲凉。453写歌人看到阿妹亲手种植的梅树，斯人已逝，梅花却仍旧鲜妍盛放，触景生情，伤

心泪流。从家到庭院再到梅，层层聚焦，思念之情逐渐达到高潮。

这三首诗作，无论叙事还是抒情，都是自然流露，遣词平实，毫无做作，却传递给读者无限感动，使人禁不住潜然泪下，被誉为旅人的抒情佳作。

旅人时年 66 岁，却如少年一般纯情，从而可以看出其作为贵族典雅、高贵的品格。

梅是当时从中国传去的，贵族崇尚的风雅之物。山斋意指庭院。二者皆为当时传入的外来语。

原文：帅大伴卿、次田の温泉に宿りて鶴が音を聞きて作る歌一首

湯の原に 鳴く葦鶴は 我がごとく 妹に恋ふれや 時わかず鳴く（6·961）

译文：帅大伴卿宿次田温泉闻鹤喧作歌一首

汤原鸣此鹤，正似我衷情，恋妹心头苦，时时奋一鸣。（6·961）

赏析：这是作者大伴旅人痛失爱妻后的作品。以鹤鸣表达思慕之情，流露出思念亡妻的情真意切。

3. 山上忆良的《日本挽歌》

原文：大野山 霧立ちわたる 我が嘆く おきその風に 霧立ちわたる

（5·799）

神亀五年七月二十一日に、筑前国守山上憶良上る。

译文：大野山前雾，弥漫似海潮，我今长叹息，吹雾若风飘。（5·799）

神亀五年七月二十一日，筑前国守山上忆良上

赏析：山上忆良的这组日本挽歌（794—799）由序、长歌、五首短歌组成。序中文本为四六骈俪文，多引用佛典及中国古籍，并附汉诗一首。左注中的日期恰逢大伴旅人之妻的百日祭，一般认为，这是忆良悼念大伴旅人之妻所作。

长歌中记叙了爱妻从都城来到边塞不久便病死之事。作者忍不住悔恨倘若爱妻留在家里，是否会无恙？如今空留惆怅，二人未能偕老同穴，只剩无限怨恨悲伤。反歌第一首表达了归家后看到爱妻闺房的孤寂。第二首表达了无法排解的、痛失爱妻的哀伤。第三首中诗人悔恨未能携妻同游。

第四首吟诵了心痛泪难干。这一首是歌群的最后一首。大野山位于大宰府的后面。旅人之妻葬于此山。因此，大野山是悼念亡魂的山。山雾弥漫，是怀念亡妻的哀叹。

文化：在万叶时代，气息经常用雾来体现。例如《古事记》中，神的气息具有孕育神灵的魔力。而万叶和歌中，离别时的叹息具有抚慰心灵的力量。这首和歌中，环绕着大野山的雾即是作者哀伤思念的叹息，可以抚慰亡者之灵。

4. 家持的《悲伤亡妾作歌》

大伴家持的亡妾悲伤歌共 13 首（462—474）。这一组挽歌歌群以季节歌为契机展开。歌群的构成以及歌中提及的小妾何时离世等问题受到学界的关注。一般根据内容将这组和歌分为以下三组。

（1）第一组：

原文：十一年己卯の夏六月、大伴宿祢家持の、亡妾を悲傷して作りし歌一首

今よりは 秋風寒く 吹きなむを いかにかひとり 長き夜を寝む（3・462）

译文：十一年己卯夏六月，大伴宿祢家持悲伤亡妾作歌一首

今日秋风起，吹来寒意多，夜长人不寐，独宿伤如何。（3・462）

赏析：第 462 首备受瞩目。这首被收录到《新古今和歌集》中的四季部。题词指出时间是"夏六月"。农历的夏六月即阳历的七月、八月。而后诗歌吟诵秋风至、夜难眠。从时间上考究，吟诵秋风比较牵强。针对此问题，学者广冈义隆指出，这一首是作于立秋之日，因而吟诵秋风至。松田聪则有不同观点，他指出《日本书纪》中规定七月至九月是秋季。因此，这一首作于六月底，即秋七月之前。即将到来的秋风引起了家持的孤独和悲伤，秋风寒冷也使人联想到独眠的孤寂寒冷，通过借物咏情的手法映衬诗人的心情。

此外，这一首也与潘岳的《悼亡诗》有异曲同工之妙。

潘岳的《悼亡诗》其二

皎皎窗中月，照我室南端。

清商应秋至，溽暑随节阑。

凛凛凉风升，始觉夏衾单。

岂曰无重纩，谁与同岁寒。

其中，凉风也意味着秋风。两首诗主旨都是哀悼亡妻，从秋风寒引出独眠的寂寞、肌肤的寒冷。主旨一致，意象相似，这可以看出家持在积极地吸收中国文学的养分。

原文：弟大伴宿祢書持の即ち和せし歌一首

長き夜を ひとりや寝むと 君が言へば 過ぎにし人の 思ほゆらくに（3・463）

译文：弟大伴宿祢书持即和歌一首

君言伤独宿，长夜叹声多，思念亡人久，幽明唤奈何。（3・463）

赏析：君叹长夜孤枕独眠，故而吾将故人思念。作为挽歌，悼念故人的契机是君之叹息。因此，可以推测故人离世时间久矣，悲伤不若故人初逝时强烈。

原文：また家持、砌の上の瞿麦の花を見て作りし歌一首

秋さらば 見つつしのへと 妹が植ゑし やどのなでしこ 咲きにけるかも（3・464）

译文：又家持见砌上瞿麦花作歌一首

秋去思难尽，屋前石竹花，当年吾妹植，今日独繁华。（3・464）

赏析：题词中的"又"可以推测出464跟前两首同样是作于六月底。此外，时节明明还是夏天，瞿麦花竟已开放，让人预感到秋的悲哀。睹物思人，徒增悲切。这不禁使人联想到归有光的《项脊轩志》中的语句："庭有枇杷树，吾妻死之年所手植也，今已亭亭如盖矣。"

原文：朔移して後に、秋風を悲嘆して家持の作りし歌一首

うつせみの 世は常なしと 知るものを 秋風寒み 偲びつるかも（3・465）

译文：移朔而后悲叹秋风家持作歌一首

此世无常住，中心早已知，秋风寒入户，更觉令人思。（3・465）

赏析：题词中的"朔"，指农历每月初一。本歌意指七月初一，时节已入秋，秋风生寒，徒增思量。这与462的题词相呼应，既让人深刻地体会到季节的推移，也体现了作者连作的意识。以上四首在结构上有起承转合之趣。

此外，前文所提潘岳的《悼亡诗》，其开头也始于时节描述，例如其一"荏苒冬春谢，寒暑忽流易"。其二"清商应秋至，溽暑随节阑"。其三"凄凄朝露凝，烈烈夕风厉"。三首皆体现了作者的历法意识。即"秋风起，暑消退"。诗的结构与家持的和歌一致。学界猜测，家持的这一写法沿袭了潘岳的手法。

（2）第二组：

原文：また家持の作りし歌一首〈并せて短歌〉

我がやどに 花そ咲きたる そを見れど 心も行かず はしきやし 妹があ

りせば 水鴨なす 二人並び居 手折りても 見せましものを うつせみの 借れる身なれば 露霜の 消ぬるがごとく あしひきの 山道をさして 入日なす 隠りにしかば そこ思ふに 胸こそ痛き 言ひも得ず 名付けも知らず 跡もなき世の中なれば せむすべもなし（3・466）

译文： 又家持作歌一首并短歌

屋前花正开，见之心伤悲，爱妹如尚在，二人定双飞，

成双如水鸭，携手如比翼，此景乐何如，惜哉旋灭熄，

天地如逆旅，此身也如寄，暂如霜露消，山路行将至，

日落终有时，身隐亦如斯，每思此中意，胸痛不能支，

此恨不可言，其名不可知，世事渺无迹，我将何能为。（3・466）

原文： 反歌

時はしも いつもあらむを 心痛く い行く我妹か みどり子を置きて（3・467）

译文： 妹去岂无时，何时也不迟，无情今太甚，舍弃此孩儿。（3・467）

原文： 出でて行く 道知らませば あらかじめ 妹を留めむ 関も置かましを（3・468）

译文： 我若知行路，前途豫设关，妹留难越过，只得再归还。（3・468）

原文： 妹が見し やどに花咲き 時は経ぬ 我が泣く涙 いまだ干なくに（3・469）

译文： 吾妹寻常见，屋前花正繁，别时虽已去，吾泪不曾干。（3・469）

赏析： 这一组由长短歌共4首组成。首先，长歌以庭院的花开为契机，吟诵了如若妹今在，必将折花在手，并肩欣赏，而今只得观之心伤。而后歌人又哀叹了生命譬如霜露，转瞬即逝，爱妾的离世让人悲痛。最后复又哀叹人事皆如此无常，歌意上升到一个新的高度。

反歌描述了爱妾逝去、稚子被舍弃的凄惨情景。此外，"花还在，泪未干"，让人体会到年年岁岁花相似、岁岁年年人不同的悲哀。

（3）第三组：

原文： 悲緒未だ息まず、さらに作りし歌五首

かくのみに ありけるものを 妹も我も 千歳のごとく 頼みたりけり（3・470）

译文：悲绪未息，更作歌五首

世事今如此，空虚何所归，可怜吾与妹，千载此凭依。（3·470）

原文：家離り　います我妹を　留めかね　山隠しつれ　心どももなし

（3·471）

译文：吾妹离家去，匆匆不可停，山间终隐没，何处觅神形。（3·471）

原文：世の中し　常かくのみと　かつ知れど　痛き心は　忍びかねつも

（3·472）

译文：纵识人间事，原来本若斯，心情如此痛，欲忍也难为。（3·472）

原文：佐保山に　たなびく霞　見るごとに　妹を思ひ出で　泣かぬ日はなし

（3·473）

译文：佐保山坡上，烟霞绕四隅，见霞思我妹，涕泪无时无。（3·473）

原文：昔こそ　外にも見しか　我妹子が　奥つ城と今　愛しき佐保山

（3·474）

译文：昔时吾在外，念妹奥津城，佐保山前路，爱人此日行。（3·474）

赏析：470 哀叹了吾妹如斯短暂的人生。471 表达了无法挽留住阿妹生命的悲哀。472 则是上一组长歌的无常观的延续，表达对人世无常的无奈。473 中的"霞"备受关注。《万叶集》中歌咏的霞近 80 例。其中，秋霞只有两例（2·88 磐姬、8·1528 山上忆良），其余均是春霞。尤其是大伴家持，数次吟诵"春霞 + 春莺"，霞常被视为春天的固定意象。因此，学者松田聪推测霞令家持想起火葬时升起的烟雾。此歌作于阿妹周年忌前后。前四首歌咏了无尽的悲痛，最后一首描述阿妹长眠的佐保山，诗人通过思念佐保山来表达自己的痛楚。

这三组作品以季节为轴线展开，时间从夏至秋、又到春。这种以季节为轴心哀悼亡灵的手法，学界猜测也是受到了潘岳的悼亡诗的影响。总的来说，以亡妾悲伤为主题，从不同的角度缅怀故人，这种多角辐射型也是家持的特色之一。

💡 思考题

1. 挽歌通常分为哪几种？
2. 挽歌中通常使用哪些意象？

第九讲
万叶时代的民俗

日本最古老的史书《日本书纪》中有两条关于中国历法经由朝鲜半岛传入日本的记载。

"医博士·易博士·曆博士等、宜依番上下。今上件色人、正當相代年月、宜付還使相代。又卜書·曆本·種々の薬物、付送れ。欽明十四年（553）6月。"

根据上述记载，医、易、历博士实行交替制，日本向百济邀请"历法博士"，并请求百济赠送历法等。554年2月，历博士王保孙渡日。此时使用的历法是元嘉历。

"百济の僧観勒来り。仍りて曆本と天文·地理の書、並せて遁甲·方術の書を貢る。推古十年（602）10月。"

602年，百济僧人观勒来日，呈献了大量历法、天文、地理、奇门遁甲、方术等书籍。

关于日本正式实行历法，《日本书纪》持统四年（690）11月11日记载如下：

十一月甲戌朔庚辰，赏赐送使金高訓等，各有差。甲申，奉敕始行元嘉曆與儀鳳曆。

690年日本开始正式使用元嘉历和仪凤历，两种历法并行了一段时间。直到697年，日本废除《元嘉历》，正式采用《仪凤历》，一直到764年才改用《大衍历》。"仪凤历"又称"麟德历"。《麟德历》是唐高宗诏令李淳风所编的历法，于麟德二年（664）颁行。学者能田忠亮指出"该历法约在仪凤年

间（676-678）经新罗传至日本，故而得名仪凤历"。

因此可知，万叶时代（629—759）日本人已对历法有较广泛的关注和认知。《养老令》的"杂令"中，关于节日的规定如下："凡正月1日、7日、16日、3月3日、5月5日、7月7日、11月大尝日，皆为节日。其普赐，临时听勒。"达官贵族更是积极地将历法中的节气、民俗等融入至和歌主题。本讲将按照季节顺序介绍和歌中的民俗文化。

一　春季的民俗

春季的祭祀活动主要有四场，分别是正月初一的元旦、1月7日的白马节会、16日的踏歌节会以及3月3日的曲水之宴。迎春送冬，和歌中的定型句"寒冬过去尽，春暖已来临"（10·1844）。严寒过后，草长莺飞，柳绿花繁，万物萌动，春情滋生。这时，古人便会举办各种迎春活动来庆祝新的开篇。

1. 元旦

原文： 天平勝宝二年正月二日に、国庁に於て饗を諸郡司等に給ひて宴せし歌一首

あしひきの　山の木末の　ほよ取りて　かざしつらくは　千歳寿くとそ（18·4136）

右の一首、守大伴宿祢家持の作。

译文： 天平胜宝二年正月二日，于国厅给飨诸郡司等宴歌一首

山上寄生树，寄生老树颠，取来头上插，长寿万千年。（18·4136）

上一首，守大伴宿祢家持作。

原文： 判官久米朝臣広縄の館に宴せし歌一首

正月立つ　春の初めに　かくしつつ　相し笑みてば　時じけめやも（18·4137）

译文： 判官久米朝臣广绳之馆宴歌一首

正月立春始，狂欢定若斯，相欢相笑乐，笑乐正宜时。（18·4137）

原文：新しき 年の初めは いや年に 雪踏み平し 常かくにもが（19·4229）

右の一首の歌は、正月二日に、守の館に集宴せしに、時に零る雪殊に多く、積むこと四尺有りき。即ち主人大伴宿祢家持この歌を作りき。

译文：新年今更始，但愿常如斯，积雪踏平后，年年集宴时。（19·4229）

上一首歌者，正月二日，守馆集宴。于时零雪殊多，积有四尺焉。即主人大伴宿祢家待作此歌也。

赏析：这三首和歌皆作于正月贺宴之时。按照《仪制令》的说法，"凡元日，国司皆率僚属、郡司等向厅朝拜讫，长官受贺，设宴者听。其食以当处官物及正仓充，所须多少从别式。"

4136 描写了摘下槲寄生做成发饰，戴在头上以祈长寿的习俗。俗信槲寄生严冬不凋，具有神秘力量，因此其经常用于祈祷。

4137 中，歌人咏叹初春正月，欢歌笑语，充满节日的气氛。

4229 新年伊始，踩踏积雪，愿年年岁岁如此。

家持着眼于春雪，汲取中国的"瑞雪兆丰年"之思想，创造出欣欣向荣的春景世界。诗歌借用槲寄生意象来祈祷长寿。

文化：元旦节会始于孝德天皇的大化二年（646）正月一日"贺正礼"。大化四年、五年、白雉元年（650）、白雉三年分别记录有"贺正礼""元日礼"。天智十年（671）正月二日，大锦上苏我赤兄臣与大锦下巨势人臣在殿前奏贺正之事。到天武朝四年（675）元日，大学寮的学生、阴阳寮、外药寮以及舍卫之女、百济王善光、新罗的仕丁等携药品与珍宝献上。二日，皇子以下百官朝拜。持统朝三年（689）举国朝拜。四年，元日举行即位大礼。如上，元日之礼以朝拜为中心逐渐完善。到了大宝元年（701），元月一日的礼仪已经成为万叶时代成熟的形式，被评价为"文物仪式，至此完备。"（「文物の儀、ここに備れり」）根据记载，天皇到大极殿（如图9-1）接受朝贺，正门是鸟形的幢，左立日像、青龙、朱雀之幡，右立月像、玄武、白虎之幡，来访的新罗使者分列左右两侧。

图 9-1　兴福寺 大极殿

2. 初子之玉帚

原文： 初春の　初子の今日の　玉箒　手に取るからに　揺らく玉の緒
（20·4493）

右の一首、右中弁大伴宿祢家持作る。但し、大蔵の政に依りて、奏し堪へず。

译文： 春始当初子，今朝春酒尝，手中持玉帚，彩玉鸣玲玲。（20·4493）
上一首，右中辨大伴宿祢家持作，但依大藏政不堪奏之也。

赏析： 公元758年正月初三，为丙子日，被称为"初子"日。于宫中飨宴，内相藤原仲麻吕宣读诏书：各王卿根据能力自由选题作诗。《万叶集》中只收录了家持的未奏歌。持玉帚象征后妃桑蚕、天皇耕作之辛劳，悬玉珠，祈求长寿。

文化： 中国从周朝汉代时起便有正月初子之日皇帝亲自耕田祭祖、皇后打扫养蚕屋并祭奠蚕神的仪式。藤原仲麻吕接受了这一文化，并加以效仿。

758年正月初三、初子之日所用的玉帚、手辛锄作为正仓院宝物流传下来。家持歌中的玉帚以菊科的黄杨根茎为主体，人们将其束成扫帚，在枝干处装点绿色的玻璃玉，把手部分先是缠上染成紫色的毛皮，然后在上面缠上几层金线。

3. 白马节会

原文： 水鳥の　鴨の羽色の　青馬を　今日見る人は　限りなしといふ
（20·4494）

右の一首、七日の侍宴の為に、右中弁大伴宿祢家持預めこの歌を作る。但し、仁王会の事に依りて、却りて六日を以て、内裏に諸王卿等を召し酒を賜ひ、肆宴し禄を給ふ。これに因りて奏せず。

译文： 水鸟鸭毛色，青如青马青，今观青马者，长寿永安宁。（20·4494）

上一首，为七日侍宴右中辨大伴宿祢家持预作此歌。但依仁王会事，却以六日于内里召诸王卿等，赐酒肆宴给禄。因斯不奏也。

赏析： 仁王会是为了祈祷天下太平、镇守国家，唱诵《仁王经》的法会。天平宝字二年（758）正月初七，家持为白马节会的侍宴预作歌一首。因为仁王会事，白马会宴提前至六日，并省略了观赏白马的仪式。故而，注释该歌并未上奏。

文化： 正月初七从左右马寮牵出白马 21 匹，供天皇观赏后，在宫中游行，称之为"白马节会"。这也始于中国传统仪式。古代中国认为马是阳兽，春天皮毛为青色，新年见白马可以驱邪。日本虽写作"白马"，但读作"あをうま"（青马）。

《续日本纪》中虽然没有天平宝字二年（758）的白马节会记录，但是关于正月七日宫中赐宴群臣的记录可见于天智七年（668）、天武二年（673）、四年、五年、九年、十年、十二年相关章节。到了持统朝，除了举行即位仪式的持统四年（690），每年都举行。文武朝庆云年间（704-707）有两回，元明朝没有记录，元正、孝谦朝各一回，圣武朝更是达到九次之多。

4. 上巳之宴

原文： 三日に守大伴宿祢家持の館にして宴せし歌三首

今日のためと 思ひて標めし あしひきの 峰の上の桜 かく咲きにけり
（19·4151）

译文： 三日，守大伴宿祢家持之馆宴歌三首

思量今日乐，为此记风标，山上樱花树，花开似火烧。（19·4151）

原文： 奥山の 八つ峰の椿 つばらかに 今日は暮らさね ますらをの伴
（19·4152）

译文： 椿树生何处，深山有众峰，纵情今日乐，始是丈夫雄。（19·4152）

原文：漢人も　筏浮かべて　遊ぶといふ　今日そ我が背子　花縵せよ（19・4153）

译文：汉人水上游，为乐把船浮，今日吾兄乐，制作百花球。（19・4153）

赏析：以上三首的作者是越中国守大伴家持。时逢三月三日，具有深厚中国文学素养的大伴家持遥想起中国的上巳节，与歌友大伴池主积极地进行文学交流，吟诵了大量以上巳节为题材的作品。佐藤隆指出"这是受到《荆楚岁时记》的影响。该书在当时的达官贵人中广为流传"。在这组和歌中，作者吟诵了椿绿花繁的盛景和与朋友们尽情欢愉的畅快，随后又憧憬中国文人摇着竹筏的诗情诗意，让友人戴上花冠庆祝。花冠是将植物的藤蔓或者彩线穿上玉珠做成的头饰，一般使用青柳、菖蒲草、稻穗、梅花、樱花、艾蒿及百合等作为材料。其中，菖蒲草最为广泛。人们在头饰上装饰有常青树的枝叶，是为了将常青树的生命力附着在自己身上。

文化：三月三古称上巳节，魏晋以后遂成水边饮宴、郊外游春的节日。古代，中国会在河边举行一年一度的消灾除邪的祓禊仪式。上巳节还演化出一段"曲水流觞"的逸事。魏晋时，士大夫在祓禊的同时，还会举行水滨宴会，谈文作赋，饮酒取乐。饮酒时，要将酒杯置于流水之中，酒杯随水流动，到谁的面前，谁就要饮酒吟诗。这个活动在著名书法家、文学家王羲之的《兰亭集序》中被记为"曲水流觞"，如图9-2。曲水流觞的活动东传日本，形成具有日本特色的曲水宴与洗尘礼仪，成为祓除灾祸、祈降吉福的仪式。

"兰亭修禊·农历三月三"

图9-2　《兰亭集序》中的"曲水流觞"

5. 望国

此外，春季最常见的祭祀活动还有望国、对歌、摘菜及野游等。时逢春耕开始，民众以各种形式在神圣的场所迎接神明的到来。而统治者天皇作为神的代表降临，代表神明瞭望国土，祝颂国土昌盛，预祝五谷丰登。和歌原本是伴随着这些活动唱诵的祈祷性语言，后来逐渐地具有了宴会性、娱乐性等属性，进而发展成文学形态。

舒明天皇的望国歌（1·2）中没有提及季节。卷10悼念皇子的挽歌中明确了望国是在春季。

原文：…我が思ふ 皇子の命は 春されば 植槻が上の 遠つ人 松の下道ゆ登らして 国見遊ばし…（13·3324）

译文：……我思我皇子，春来万象春，植槻松下路，望国此登临……（13·3324）

赏析：藤原宫时代有多位皇子离世。学界推测这一首是为了悼念高市皇子。这是一首长歌，节选的此段缅怀了皇子生前参加春季望国仪式的情景。

二　夏季的民俗

1. 端午

原文：同じ石田王の卒せし時に、山前王の哀傷して作りし歌一首

……ほととぎす 鳴く五月には あやめ草 花橘を 玉に貫き 縵にせむと……（3·423）

译文：同石田王卒之时山田王哀伤作歌一首

……五月杜鹃鸣，菖蒲傍水生，花橘串玉珠，持作蔓草茎……（3·423）

原文：大伴家持が霍公鳥の歌一首

ほととぎす 待てど来鳴かず あやめ草 玉に貫く日を いまだ遠みか（8·1490）

译文：大伴家持霍公鸟歌一首

纵待杜鹃闹，杜鹃已不来，菖蒲草贯玉，为日去悠哉。（8·1490）

原文：ほととぎす　厭ふ時なし　あやめ草　かづらにせむ日　こゆ鳴き渡れ
（10·1955）

译文：谁厌鹃声美，闻之耳欲迷，菖蒲为发饰，从此放声啼。（10·1955）

赏析：423是石田王离世后，生前好友山前王为其哀悼而作的挽歌。这首歌提到，人们将菖蒲与花橘做成头饰，如同身带香囊一样，用于避邪。这首挽歌的具体作歌时代不明，但从卷4前后的作品排列来看，应是持统九年（695）前后。因此可以推测，对当时的贵族和官僚来说，端午时节头戴菖蒲头饰等是宫廷以及市井的习俗。

1490大伴家持吟诵了时节已到、但杜鹃迟迟未鸣的焦急心情。其中，"菖蒲草贯玉"之日是指五月五日，即端午。可见，当时"杜鹃"和"菖蒲"已作为五月的季语，融入了和歌文学之中。

1955在端午的宫廷宴会之时，人们有把菖蒲戴在头上的习俗。初夏时节，疫病开始流行，所以意图用菖蒲的味道来加以驱除。霍公鸟是代表初夏的鸟，诗人表达了愿其尽情鸣唱的心情。

文化：在日本，端午时节人们会把香囊挂在门前或者是带在身上，主要是用来驱邪祛病。人们将麝香、沉香等装入锦囊，然后系上菖蒲、艾草，用五色丝线垂挂，制成香囊。

在《续日本纪》中，关于圣武天皇天平十九年（747）5月5日有如下记载："天皇驾临南苑，观看骑射、跑马。是日，太上天皇（元正）诏曰：'昔者五月之节，常以菖蒲为缦，近年此事已停。从今而后，非以菖蒲为缦者，不得入宫。'"不过日本民俗学者樱井满却认为，虽然皇家有中断佩戴菖蒲头饰的时期，但是在民间，这个传统却一直在持续。

中华文化源远流长、博大精深，节日是传统文化的重要载体，其中蕴含了深邃丰厚的文化内涵。端午习俗东传日本后，和歌文学完美地融合并发展了这一习俗，形成初夏特有的风情诗。

三   秋季的民俗

七夕

7月7日，七夕佳节。根据《养老令·杂令》记载，7月7日与1月1日、3月3日、5月5日等一样，都是宫中的节日。白天观看相扑，夜晚举办七夕宴会。相扑大会始于天平六年（734）。七夕宴会首次见于持统五年（691）。《万叶集》中最早关于七夕的记载可以追溯到天武九年（680）人麻吕歌作（10·2033）。据《续日本纪》记载，天平六年（734）"天皇观相扑戏。是夕，徒步御南苑，命文人赋七夕之诗"。这是应诏的七夕诗首次在日本史中出现。

七夕源于中国的牵牛织女传说，形成于后汉时代，传入日本的具体时间不明。但因为天武朝中已有七夕歌，因此，至少可以认为在盛行讴歌唐风的天智朝，七夕节已经东传日本。文武朝，藤原不比等既是文武天皇的摄政外戚，又是诗人，他推进了文武朝汉诗文的发展。在《怀风藻》中，以文武天皇的咏月诗为代表，咏物诗特别引人注目。侍宴应诏诗也较多，宫廷以及贵族官人吟作七夕诗成为惯例。表9-1是《万叶集》中七夕歌的分布情况。

表 9-1 《万叶集》中的七夕歌

卷号	七夕歌	七夕歌作者
卷 8	15	山上忆良 12 首、汤原王、市原王 3 首
卷 10	98	人麻吕 38 首、作者不详 60 首
卷 17-20	13	大伴家持 13 首

从内容上来看，日本的七夕诗作深受中国文学影响。《怀风藻》中收录的七夕诗是受到初唐前文学的影响，吟诵的主题是织女河边渡鹊桥。而《万叶集》恰恰相反，反映了走妻婚的习俗，题材大部分是反映牛郎乘船渡河的情节。牛郎织女一年一度的相会，与万叶时代的恋爱生活相结合，诞生了无数悲欢离合的爱情故事。

1. 七夕传说

原文： 袖振らば 見もかはしつべく 近けども 渡るすべなし 秋にしあら
ねば（8・1525）

译文： 舞袖犹能见，相看是近河，秋风吹不到，无术渡流波。（8・1525）

原文： 天の川 安の渡りに 船浮けて 秋立つ待つと 妹に告げこそ
（10・2000）

译文： 银河安渡口，水上有船浮，告我妹儿去，我待立船头。（10・2000）

原文： ひさかたの 天つしるしと 水無し川 隔てて置きし 神代し恨めし
（10・2007）

译文： 天空标印记，自古是银河，一水遥相隔，由来别恨多。（10・2007）

赏析： 以上几首和歌是将七夕传说日本本土化的成果。1525近在咫尺，
挥袖可见，却无法渡河，哀叹了恋人相望却不相及的悲伤。2000浮舟待秋至，
期待每年一度的相会。2007迢迢银河，自古隔离多少恋人，此处遗恨最多。
以上三首均表达了恋人无法相见的相思与悲愤之情。

2. 雀跃

原文： 我が待ちし 秋萩咲きぬ 今だにも にほひに行かな 彼方人に
（10・2014）

译文： 我待秋花久，秋花色正新，只今休浪走，告尔隔河人。（10・2014）

原文： 彦星と 織女と 今夜逢ふ 天の川門に 波立つなゆめ（10・2040）

译文： 牛郎同织女，今夜会银河，但愿银河渡，今宵稳不波。（10・2040）

赏析： 这两首和歌吟诵了恋人即将相见的雀跃以及祈祷能平安相逢的
心愿。

3. 渡河

原文： 山上臣憶良の七夕の歌十二首

天の川 相向き立ちて 我が恋ひし 君来ますなり 紐解き設けな
（8・1518）

右、養老八年七月七日、令に応ふ。

译文： 山上臣忆良七夕歌十二首

相向银河立，恋君君不来，君来欢此夕，纽带为君开。（8·1518）

上，养老八年七月七日，应令。

原文： 彦星し 妻迎へ船 漕ぎ出らし 天の川原に 霧の立てるは（8·1527）

译文： 一念迎妻去，牛郎正荡舟，银河原上雾，所以正如流。（8·1527）

原文： 霞立つ 天の川原に 君待つと い行き返るに 裳の裾濡れぬ
（8·1528）

译文： 银河原上立，霞绕待君忙，待得君来久，云霞湿我裳。（8·1528）

原文： 天の川 浮津の波音 騒くなり 我が待つ君し 舟出すらしも
（8·1529）

译文： 天上银河浪，浮津起杂声，待君君击桨，正在渡船行。（8·1529）

赏析： 山上忆良的这组七夕歌群共12首。其中有1首长歌，详述了牛郎织女的爱情故事。其余短歌描写了三者银河相隔的无奈、织女等待的焦急以及牛郎渡河的艰辛。

1518模仿织女的心情而写，解衣纽待君来，歌风可谓热烈大胆。

1527～1529这一组为忆良独自留在筑前国府所作。大伴旅人已于前一年从大宰府回到奈良都。1527牛郎出船，银河起雾。雾是具有遮蔽、阻隔视线意味的意象，是通往彼岸的障碍，在诗歌中通常与忧郁、愁思联系在一起。这里借"牛郎织女相会"被雾阻隔，表达了自己"归乡路"被阻隔的忧思。1528强调了等待已久的心焦。1529重燃希望，待君前来。

这组歌中，忆良将自己喻为织女，将旅人喻为牵牛，抒发了"等待你尽快召我回都城"的迫切祈愿。或者说，在织姬对遥远彼岸的牛郎星的思念中，也重叠着忆良对奈良都的旅人的怀念之心。当时的官员流行将自己的境遇比喻成七夕传说中的主人公，从而抒发了欲见不能的忧郁。这个时候的忆良应该已经相当高龄了，但是却能够巧妙大胆地借用织女吟诵慕恋之情，令人敬佩。

原文： 我が背子に うら恋ひ居れば 天の川 夜船漕ぐなる 梶の音聞こゆ
（10·2015）

译文： 若得君深爱，终宵待我君，银河船夜渡，应有桨声闻。（10·2015）

原文： 天の川 梶の音聞こゆ 彦星と 織女と 今夜逢ふらしも（10·2029）

译文：桨击银河水，闻声恋意浓，牛郎同织女，今夕喜相逢。（10·2029）

赏析：这两首出自人麻吕歌集。2015前半部分抒发了思念丈夫的迫切与煎熬，后半部分笔锋一转，描述了郎撑夜舟来、妹闻桨声传的激动心情。歌作描绘了渡口的守望，是自我感情的真实流露。

4. 相会

原文：恋しくは　日長きものを　今だにも　ともしむべしや　逢ふべき夜だに（10·2017）

译文：恋情多日隔，此夜得相通，珍重今宵意，相逢此夜中。（10·2017）

原文：遠妻と　手枕交へて　寝たる夜は　鶴がねな鳴き　明けば明けぬとも（10·2021）

译文：手枕远妻卧，悠悠此夜情，晨鸡声莫响，虽则已黎明。（10·2021）

原文：我が待ちし　秋は来たりぬ　妹と我と　何事あれそ　紐解かずあらむ（10·2036）

译文：年年相待苦，待得此秋来，我等缘何事，不将纽解开。（10·2036）

原文：月累ね　我が思ふ妹に　逢へる夜は　今し七夜を　継ぎこせぬかも（10·2057）

译文：累月吾思妹，今宵会见时，愿从今夜起，七夜为延期。（10·2057）

赏析：这几首表达了相会时刻的激动和珍贵。2021情长夜短，恨鸡鸣，吟诵了走婚制下黎明时刻的离别愁绪。2036每年我都在辛苦地等待，终于等到这一天，怎能不解纽扣。情感表达相当大胆直白、热情奔放。2057愿此夜此情再延长七天，表达了恋人间难舍难分的情谊。

5. 别离

原文：相見らく　飽き足らねども　いなのめの　明けさりにけり　舟出せむ妻（10·2022）

译文：相见难知足，天明势必行，乘船今出矣，不住唤妻声。（10·2022）

原文：万代に　携はり居て　相見とも　思ひ過ぐべき　恋にあらなくに（10·2024）

译文：万世长相见，相携纵不离，恋情成往事，此日永难期。（10·2024）

原文：年の恋 今夜尽くして 明日よりは 常のごとくや 我が恋ひ居らむ

（10·2037）

译文：一年相恋意，今夜尽于兹，明日如常日，吾将苦恋思。（10·2037）

原文：明日よりは 我が玉床を 打ち払ひ 君と寝ねずて ひとりかも寝む

（10·2050）

译文：自从明日起，我即拂空床，不与君同宿，吾将独宿长。（10·2050）

赏析：这几首吟诵了离别的心酸以及离别后的相思之苦。2022黎明后将乘船远行，表达依依不舍之情。2024倾诉了永恒的爱慕以及离别的痛苦。2037牛郎表达了又即将开始相思的日常。对此，2050织女哀叹了独宿的寂寞。情真意切，今日读之亦是感动。

以上按故事情节介绍了日本的七夕和歌。可以看出，七夕和歌虽然是来源于中国的七夕传说，但也融入了日本歌人的想象力并加以文艺化、本土化，这才成就了具有日本特色的七夕世界。

《万叶集》中收录了七夕歌100余首。这些歌作将中国传说和日本神话完美地结合在一起，在内容上多以相思为主，描绘了牛郎渡河的艰辛、织女守望的痴情、相会时的缠绵和柔情、分别时的叮咛和不舍以及别后的相思和哀愁，抒发了两情相悦的美好、长久相思的苦涩。歌作没有任何涉及国家社会因素，仅限于个人情感世界，歌风大胆热烈，感情奔放，将万叶人的情感描绘得酣畅淋漓，令人如痴如醉。

四　冬季的民俗

1. 维摩会

原文：仏前に唱ひし一首

しぐれの雨 間なくな降りそ 紅に にほへる山の 散らまく惜しも

（8·1594）

右は、冬十月、皇后の宮の維摩講の終日に、大唐・高麗等の種々の音楽

を供養して、尔して乃ちこの歌詞を唱ひき。琴を弾きしものは、市原王・忍坂王〔後に、姓大原真人赤麻呂を賜はりしなり。〕歌子は田口朝臣家守・河辺朝臣東人・置始連長谷等十数人なり。

译文：佛前唱歌一首

时雨蒙蒙雨，无劳落不停，香红山上叶，可惜太飘零。（8·1594）

上冬十月，皇后宫之维摩讲，终日供养大唐、高丽等种种音乐，尔而乃唱此歌词，弹琴者市原王、忍坂王（后赐姓大原真人赤麻吕也）。歌子者田口朝臣家守、河边朝臣东人、置始连长谷等十数人也。

赏析：这首和歌吟诵了飞花落叶的无常感。左注生动地再现了法会当日的情景。天平十一年（739）冬10月，圣武天皇的皇后光明子于后宫（皇后的亡父藤原不比等的旧宅，后成为法华寺）举办维摩会。通常法会是在金堂之外举行，当日恰逢雨天，遂于回廊举行。

在唐乐和高丽乐等外来音乐的伴奏下，和歌吟诵了对蒙蒙时雨的哀怨以及对红叶凋零的惋惜。这并不是一首宗教色彩浓厚的和歌，为何会在维摩会上吟诵？关于该疑问，日本学者窪田空穗的论说被学界视为最有信服力的观点。他认为这首和歌正是这个时代吟诵秋季的"哀（あはれ）"的代表作。作者虽然不明，但是可以认为其是高雅的贵族。和歌反映了这个时代人们对佛陀诚心供奉的心情，认为对佛与对神一样都有着相同的敬畏之心。

文化：维摩会的发起者是藤原氏的始祖藤原镰足。656年，镰足患病，遍试百方都没有起色，后听从百济的渡来尼僧法明的劝告，听其吟诵《维摩经》《问疾品》等，竟然痊愈。因此，镰足心怀敬佩，誓约"生生世世皈依大乘"。次年，在山城陶原家建立精舍，设置斋会，这就是维摩会，之后每年举办。但镰足离世后，维摩会一度暂停。705年，其子藤原不比等在病卧之时，耻于没有继承父亲的遗志，因此重新恢复了维摩会。

维摩会后定于奈良兴福市举办，10月10日开始，共七天。最后一日即16日，是维摩讲的创始人藤原镰足的祭日。法会的第一天和最后一天会有乐人演奏。藤原不比等逝世后，法会一度衰退。733年，光明皇后再度振兴，设置"讲说七日"。《续日本纪》记载光明皇后因无法安眠，久治不愈，故效仿祖父与父亲，重启维摩会。

2. 尝新祭（新尝祭）

尝新祭指早稻成熟后，举行以新米飨神的仪式。在以农业为立国之本的时代，这是非常重要的祭祀活动。这里选取两首东歌，即东国百姓的和歌，再现当时祭祀的习俗。

原文： にほ鳥の 葛飾早稲を にへすとも そのかなしきを 外に立てめやも（14·3386）

译文： 葛饰早稻熟，飨神祭祀恭，爱人岂外立，请入祭堂中。（14·3386）

原文： 誰そこの 屋の戸押そぶる 新嘗に 我が背を遣りて 斎ふこの戸を（14·3460）

译文： 谁来推我户，此户久持斋，为赴尝新祭，我夫去未回。（14·3460）

赏析： 万叶时代习俗是祭堂留处女侍神，他人皆须避忌。即使是家人，也不得入内。而第3386首和歌中用假设口吻吟诵了如果恋人到来，不畏神谴，要将爱人请入的热烈心情。对农民来说，新尝祭是非常重要的祭祀活动。对神明的亵渎不仅仅是个人行为，而且更是关系到部落存亡的重大事件。因此，实际上侍奉神明的处女不可能让恋人接近。这首和歌故意吟诵不可能发生的事情，渲染了爱情的热烈，活跃酒宴的气氛。

第3460首和歌吟诵了在祭堂内女人静候着神明的到来时，竟然有无耻之徒摇动窗户。事实上，如果对祭堂内的祭主有不轨行为的话，会受到部落严厉的制裁。因此这也是实际上不可能发生的事。这两首和歌都具有诙谐性，作者很可能是男性，为活跃气氛而作的集团性的和歌。

文化： 尝新祭，现在已经变成勤劳感谢日（每年11月23日）。新尝的语源是"尝新""新谷之飨"，是指人们每一年将新收获的谷物供奉神明，并也亲自试尝的祭祀活动。尝新祭一般是在11月的卯日深夜举行，后在平安朝作为宫廷活动逐渐完善。

💡 思考题

1. 上巳节有哪些习俗？

2. 万叶时代的端午有哪些习俗？

3. 简述七夕和歌的特点。并思考中日七夕诗歌的异同。

<h1>万叶人的信仰 ── 第十讲</h1>

在万叶时代，因为农耕是主要的生活手段，日本人信奉在自然现象、山川草木等万物之中皆有神的存在。他们崇敬自然万物，把自然当作神来看待，借此祈祷农作物的丰收，期待人与自然形成一体，携手从事农作物的生产。这种对于时间、自然、信仰的独特感知，深深地植根于和歌之中。

一 言灵信仰

1. 言灵

言灵是指寄宿在语言中的灵力。自古以来，日本人相信语言中寄宿着神灵的力量，通过语言会使其灵力发挥作用。下面选取一首代表性和歌，来帮助读者理解日本古老的言灵信仰。

原文：磯城島の 大和の国は 言霊の 助くる国ぞ ま幸くありこそ （13・3254）

译文：念此大和国，神灵佑国人，所言神必助，祝福早归身。（13・3254）

赏析：柿本人麻吕颂扬日本是一个通过言灵带来幸福的国家。即语言通神灵，百姓因为言语得到神灵的保佑，从而长久安宁。

2. 举言祈祷

举言祈祷（言挙げ）这是基于上代的言灵信仰，是对神灵等超能力者进行祈祷的语言和仪式，即说出来的"咒语"就会实现，反之，咒语稍有差池，就会丧命。因此，举言祈祷被视为"禁忌"，必须谨慎对待。只在非常时期、重要场合才祈祷。这也是源于当时的习俗，认为说出吉利的话会带来幸福，不吉利的话会招致祸害。

原文： 雨落るを賀く歌一首

我が欲りし　雨は降り来ぬ　かくしあらば　言挙げせずとも　稔は栄えむ（18・4124）

右の一首、同じ月四日に大伴宿祢家持作る。

译文： 贺雨落歌一首

我欲甘霖雨，雨来敬沛然，不需言语祝，一定是丰年。（18・4124）

上一首，同月四日，大半宿祢家持作。

赏析： 作者吟诵了期盼落雨已久，而今无需多言、丰稔在望的喜悦之情。其中，"不须言语祝（言挙げせずとも）"这一句"言"这里特指祈求降雨的咒文。这首诗歌体现了大伴家持的治世思想，即如果在越中地区代替天皇良好治世，即使不向神灵祈祷，天地诸神以及皇祖诸代也必将护佑，从而降雨解暑、带来丰收。

文化： 日本学者东茂美指出了该组作品受到中国文学喜雨诗赋的影响。南北朝・魏收的《喜雨诗》曰"定知丹甄出，何须铜雀鸣"。"丹甄""铜雀"都是传说中的祥瑞，是国君有德的征兆。诗人夸赞天子有德，即使祥瑞不现，也必会风调雨顺、五谷丰收。大伴家持应是化用此意，暗含"天皇有德""不应蒙难"的深意。该歌体现了对天皇的赞美意识以及家持作为大伴氏族族长的意识，暗含了中国的德治思想。

二　神灵信仰

1. 大物主神信仰

大物主神是《古事记》中登场的神、三轮山的山神，亦是大神神社祭祀的神祇，别名为三轮明神。大物主拥有蛇神、水神和雷神的性格，作为稻作丰收、驱除疫病之神，受众人虔诚信仰。万叶时代，歌人通过吟诵三轮山表达这一虔诚的信仰。

原文：三輪山を　然も隠すか　雲だにも　心あらなも　隠さふべしや（1·18）

译文：隐却三轮山，远人不得还，白云如有意，岂肯隐山关。（1·18）

原文：三諸は　人の守る山　本辺には　あしび花咲き　末辺には　椿花咲く　うらぐはし　山そ　泣く子守る山（13·3222）

译文：三轮山崔嵬，人人瞩目哉，山麓何所有，马醉木花开，山巅何所有，椿花开出来，丽山引心目，如对泣婴孩。（13·3222）

赏析：三轮山古称神山，颇多传说，是大和人的心灵故土。对于居住在三轮山附近的人来说，三轮山是一处美景。山花绿叶，景色秀丽，沁入心间，浸润生命。而对于所有大和人来说，三轮山是一种信仰。人们遥望那优美的身姿，就可获取心灵的慰藉。第18首歌咏了额田王被召去近江后所抒发的对大海人皇子依依不舍的离别之情。第3222首吟诵了要如同爱护婴儿般守护三轮山的决心和殷切。

在大物主神的信仰加持下，三轮山已成为大和民族的象征。

2. 雷神、龙神、蛇神

原文：我が岡の　龗に言ひて　降らしめし　雪の砕けし　そこに散りけむ（2·104）

译文：我里有龙神，职司降雪事，只今小雪飞，飞来散此地。（2·104）

赏析："龗"是掌管水的龙神。《新撰字镜》注"龙之意"。《汉语大词典》中解释为龙。古同"灵"，神灵。《大汉和词典》中该字意思是雷鸣。因此"龗"也可以翻译为"雷神"。蛇形水神多次出现在日本神话传说中。《崇

神纪》中，该水神化身为小蛇，现身于女人的化妆盒中。

之所以把雷神与龙神、蛇神一同分析，是因为三者联系紧密、起源相同，那就是源于闪电。闪电分叉蜿蜒，形状似龙似蛇。而闪电常现于降雨前和降雨时。因此在中国和日本，雷神、龙神还有蛇神都被认为是掌控雨水的神灵。中国的雷神最早的形象就是龙、蛇或龙身人头，比如《山海经·海内东经》就提到：雷泽中有雷神，龙身而人头，鼓其腹。在吴西。

3. 旅途祈祷——潮涨

原文： 額田王の歌

熟田津に　船乗りせむと　月待てば　潮もかなひぬ　今は漕ぎ出でな（1·8）

译文： 额田王歌

夜发熟田津，乘船待月明，潮来月忽出，趁早划船行。（1·8）

赏析： 《日本书纪·齐明纪》记载，七年（661）春正月6日，天皇及中大兄等诸皇子皇女乘船出发前往难波。因朝鲜半岛新罗攻打百济，百济即将灭国。因此天皇御船西征，举国救援百济。8日，停泊熟田津石汤行宫。因征兵等滞留数日，额田王作歌。

"月满涨潮"运用写实的写法，盛赞自然的威力，并祈祷航海的平安。这也是祈祷性的表达。汐涨海滨，鼓楫正当时。借助自然的威力，人们强有力地表达了自身的意志和祈愿。

彼时，人们出船之际要向神灵进行祈祷，这是一种习俗。因此，作者从大和、难波向同行的诸神祈祷，借助自然的灵力。这首作品体现了祭神仪式的严肃性，也代表了当时集团的共性。

4. 旅途拜神

原文： 恐みと　告らずありしを　み越路の　手向に立ちて　妹が名告りつ（15·3730）

译文： 旅途真可畏，莫告家中人，越路关山立，高呼唤妹名。(15·3730)

赏析： 心存畏惧，一路缄口无言。献币越路神灵，才敢呼唤妹名。自古以来，凡在山头路转的地方，道旁常有小祠之类。行路者遇此，向神祷拜，以祈求前途的平安。此外，不敢称呼名字是因为害怕神灵听见了会摄取其人的魂魄

之故，这是一种信仰。所以诗人沿途不敢称名，到了山头道旁祈祷之后，才会情不自禁地呼唤阿妹。

5. 射箭与马失前蹄

原文：笠朝臣金村の、塩津山にして作りし歌二首

ますらをの　弓末振り起こし　射つる矢を　後見む人は　語り継ぐがね
（3・364）

译文：笠朝臣金村，盐津山作歌二首

丈夫今挽弓，向上射强矢，为使后来人，见之赞不止。（3·364）

原文：塩津山　打ち越え行けば　我が乗れる　馬そつまづく　家恋ふらしも
（3・365）

译文：行越盐津山，我乘吾马驶，家人恋我乎，我马失蹄矣。（3·365）

赏析：364 记叙了日本的古习俗，远行人以射树祈求平安。365 中家原本是指居住的场所，后引申为住在那里的人们灵魂聚集的地方，是包含家人、家族的一个共同体。上代人的观念中，人与人之间的心灵是相互感应的。因此，当家人思念自己、期盼旅人早日归来之时，马儿就会停驻，于是便产生了"马失前蹄是因为家人思念远游人"这一信仰。

三　梦的世界

在万叶时代，人们认为梦是他们在睡眠中所看到的另一个与现实具有同样重要意义的世界。在梦的世界里，人们的灵魂不受现实种种规定的约束，相爱的恋人们可以通过梦超越现实，实现灵魂的相通。

1. 魂合

原文：すべもなき　片恋をすと　このころに　我が死ぬべきは　夢に見えきや（12・3111）

译文：只凭单恋活，他法已全无，近日吾将死，梦中得见乎。（12·3111）

原文：夢に見て　衣を取り着　装ふ間に　妹が使ひそ　先立ちにける
（12・3112）

译文：梦中得见矣，欲去来徘徊，武束未完毕，妹之使已来。（12·3112）

赏析：3111 吟诵了相思之苦，诗人期盼能在梦中相见，若是不能相见恐怕再难存活于世。3112 梦中相见，整装意欲访妹，未曾想阿妹派来的使者先至。当时习俗是意欲相见之前会派使者传信。

梦是一种媒介。恋人只要相互之间心意相通，就会在梦中得以相逢。梦是一种实现"魂合"的途径。由于对恋人的深切思念，灵魂脱离躯体，超越现实的种种障碍，出现在对方的梦中。如果对方思念自己，则对方会在自己的梦中出现。

2. 征兆

原文：我が思ひを　人に知るれや　玉くしげ　開き明けつと　夢にし見ゆる
（4・591）

译文：吾有痴心念，逢人莫告知，玉匣开启后，梦里始逢时。（4·591）

原文：剣大刀　身に取り添ふと　夢に見つ　何の兆そも　君に逢はむため
（4・604）

译文：刀剑悬身上，男儿在我旁，梦中能见汝，为此带刀枪。（4·604）

赏析：这是笠女郎赠大伴家持的两首恋歌。591 她梦见化妆盒被打开，故而担心自己的爱恋是否已经被世人知晓。604 她梦见家持身佩大刀，推测这是二人即将相会的前兆。在这两首中，笠女郎解读梦的含义，认为梦是神的旨意，是现实中即将发生事物的预兆。

3. 祷告性

原文：我妹子に　恋ひてすべなみ　白たへの　袖返ししは　夢に見えきや
（11・2812）

译文：心中徒恋妹，无术可相从，把袖来翻折，梦中遂可逢。（11·2812）

原文：わが背子が　袖返す夜の　夢ならし　まことも君に　逢ひたるごとし
（11・2813）

译文：君把袖翻折，夜来入梦中，梦中能得见，真与醒时同。（11·2813）

赏析：万叶时代有这样一种俗信，认为挽起袖口而睡的话，就会梦见恋人，故这两首和歌中，均用"折袖"来表示对恋人的思念和等候。

原文：いかならむ　名に負ふ神に　手向せば　我が思ふ妹を　夢にだに見む（11·2418）

译文：币向神明献，何神是上峰，吾思相见妹，梦里始相逢。（11·2418）

原文：我妹子を　夢に見え来と　大和道の　渡り瀬ごとに　手向そ我がする（12·3128）

译文：我到大和路，求神度濑边，梦中求见妹，烧纸献冥钱。（12·3128）

赏析：2418 中歌人询问供奉何神才能灵验，才可与阿妹梦中相见。3128 则写了歌人为了阿妹能够入梦，来到浅滩焚烧纸钱，祈求神灵。这两首和歌中皆使用了"供奉（手向け）"词句，意为通过向神灵供奉，祈求神灵的庇佑，从而实现与恋人相见的愿望。

原文：都路を　遠みか妹が　このころは　祈ひて寝れど　夢に見え来ぬ（4·767）

译文：道路京城远，云山隔几重，妹虽祈后寝，梦里也难逢。（4·767）

原文：さね葛　後も逢はむと　夢のみを　うけひ渡りて　年は経につつ（11·2479）

译文：但愿得相逢，相逢在梦中，年年祈祷久，岁月去匆匆。（11·2479）

原文：相思はず　君はあるらし　ぬばたまの　夢にも見えず　うけひて寝れど（11·2589）

译文：疑君不我思，所以不相恋，祈祷始成眠，梦中仍不见。（11·2589）

赏析：767 是大伴宿弥家持赠送爱妻坂上大娘的和歌。去都城的路是否太遥远？每日入睡前都诚心祈祷，却仍不见你来梦中。2479 中，歌人为了与恋人他日相逢梦中，年年向神明祈祷，然而岁月匆匆流逝，仍旧未相逢。2589 则直接向恋人发问："是否你不念我，不爱我，所以即使我每日地祈祷，也无法在梦里与你相见？"

"祷告（うけふ）"，即在神的见证下祈祷愿望的实现。三首和歌均是向神祈祷，期盼能与恋人梦中相会。

以上是通过折袖、供奉、祈祷等方式表现梦的祷告性。万叶时代人们认为，梦是神的旨意。人们为了梦而向神灵祈祷。对神灵的系列祈祷行为体现了当时人们对梦的积极的态度。

四 灵魂信仰

1. 安魂信仰

原文： 隠りのみ 居ればいぶせみ 慰むと 出で立ち聞けば 来鳴くひぐらし（8・1479）

译文： 隐居多郁恺，自慰出门行，出立门前望，晚蝉树上鸣。（8・1479）

原文： 雨隠り 心いぶせみ 出で見れば 春日の山は 色付きにけり（8・1568）

译文： 遇雨隐家中，心情常不燮，出观春日山，山色已红叶。（8・1568）

赏析： 1479写歌人闭居家中，郁闷重重，于是决定出门听听蝉鸣，舒展心情。1568与前一首类似，也是因避雨久居家中，心情忧郁，于是决定出门望山。见山色斑斓，红叶烂漫，复开阔胸襟。

望山，即山见，是指通过离开家里到野外欣赏山花绿叶，从而治愈心灵，使失去活力的灵魂得以复苏。这是日本的安魂信仰。关于"魂"与"心"的关系，学者多田一臣有如下描述：灵魂对于个体来说，是独立于身体存在的，是身体存在的根本。灵魂与身体分离会招致死亡。与此相对，"心"存在个体内部。

2. 云——灵魂的寄托

《万叶集》中歌咏云的和歌共有196首。云偶尔涌起，随风飘动，变化多端，形态各异。因此，云代表的意象也很多。有时云被比作出轨之心，有时则被比作短暂的会面，不断涌起的云也会被比作一刻不停的爱慕。此外，人们也将云视为无法相见的恋人或者亡者的寄托。土桥宽从信仰角度做了分析，指出上代人将云看作土地或者人的灵魂，是人们思念的寄托。

原文： 我が面の 忘れむしだは 国溢り 嶺に立つ雲を 見つつ偲はせ

（14·3515）

译文：如忘我面时，国溢峰前望，峰上有云横，见云思我状。（14·3515）

赏析：这首和歌中，将云看作是恋人的替代：如果将我容颜忘记，望云即可忆起。

云有生成大地的灵力，可谓大地的生机。《和名类聚抄》引用《说文解字》指出"云、山川出气也（山川の出だす気なり）"，认为云不是天空或海洋生成的，而是山川吐出的那片土地的生气、大地的灵气。

3. 睹物思人

原文：信濃なる　千曲の川の　さざれ石も　君し踏みてば　玉と拾はむ（14·3400）

译文：信浓筑摩河，细石亦何多，君若踏其地，拾来当玉珂。（14·3400）

赏析：筑摩川细石遍地，如何看也不算珍贵之物。但若是你曾踏过的，我则拾作玉来珍藏。这首和歌的基础源于当时的灵魂信仰，即对方接触过的物品里承载着他的灵魂。诗歌抒情色彩浓厚，表达了爱情的美好和甜蜜。

原文：玉津島　磯の浦廻の　砂にも　にほひて行かな　妹も触れけむ（9·1799）

译文：玉津岛上矶，有浦受沙围，妹在沙滩际，闻香触妹衣。（9·1799）

赏析：这一首也是基于同样的灵魂信仰，阿妹走在沙滩上，远远地闻到海风中夹杂有她身上的清香，就仿佛触碰到了她的衣角。《万叶集》中有很多类似的和歌，睹物思人，期待彼此灵魂的靠近。

五　美意识与无常观

1. 美意识

原文：大伴坂上郎女の歌六首

恋ひ恋ひて　逢へる時だに　愛しき　言尽くしてよ　長くと思はば（4·661）

译文：大伴坂上郎女歌六首

相恋时时久，长思得一逢，相逢难尽语，爱意已填胸。（4·661）

原文： 月見れば　国は同じそ　山隔り　愛し妹は　隔りたるかも（11·2420）

译文： 望月犹同国，隔山是别离，关山遮爱妹，相见遂无期。（11·2420）

原文： 天地の　いづれの神を　祈らばか　愛し母に　また言問はむ（20·4392）

右の一首、埴生郡の大伴部麻与佐。

译文： 天地各神祇，向神何处祈，重逢同母话，是否可相期。（20·4392）

上一首，埴生郡大伴部麻与佐。

赏析： 上述几首和歌中，"愛しき"读音为"うつくしき"。万叶时代，用片假名表记的"うつくしい"（美）表达了对亲人的爱或者对微小、柔弱事物的喜爱，后来升华至代表美的特质的词汇。这反映了日本人的审美意识集中于比自己小的、柔弱的、需要加以保护的事物上。此外，上代日本人还用"きよし（清）"称呼美好的事物。在表达"美"的概念中，人们往往使用"クハシ（細）""キヨラ（清）""ウツクシ（細小）""キレイ（清潔）"等，倾向于清澈的、洁净的、细小的事物。因此，审美意识决定了日本诗歌结构短小凝练，内容含蓄细腻。

关于日本的审美观，叶渭渠提出"日本民族生息的世界非常狭小，几乎没有宏大、严峻的自然景观，人们只接触到小规模的景物，并在温和的自然环境的包围中，养成了纤细的感觉和素朴的感情，对事物表现了特别的敏感和素朴，乐于追求小巧和清纯的东西"。

2. 无常观

原文： 世間の無常を悲しみし歌一首〈并せて短歌〉

天地の　遠き初めよ　世の中は　常なきものと　語り継ぎ　流らへ来たれ　天の原　振り放け見れば　照る月も　満ち欠けしけり　あしひきの　山の木末も　春されば　花咲きにほひ　秋づけば　露霜負ひて　風交じり　黄葉散りけり　うつせみも　かくのみならし　紅の　色もうつろひ　ぬばたまの　黒髪変はり　朝の笑み　夕変はらひ　吹く風の　見えぬがごとく　行く水の　止まらぬごとく　常なく　うつろふ見れば　にはたづみ　流るる涙　留めかねつも（19·4160）

译文：悲世间无常歌一首并短歌

远从天地始，世间即无常，此语世代传，传来永不忘，

放眼望天原，盈亏现月光，春来山树颠，花开扑鼻香，

秋来红叶落，白露兼风霜，现身亦如此，红颜转老苍，

黑发变灰自，朝荣暮即亡，风吹不可见，水逝不可防，

世事皆如此，变幻无常方，见此长流泪，泪下百千行。（19·4160）

原文：言問はぬ　木すら春咲き　秋づけば　黄葉散らくは　常をなみこそ

（19·4161）

译文：即使无情树，春花也正香，秋来红叶落，世事总无常。（19·4161）

原文：うつせみの　常なき見れば　世の中に　心付けずて　思ふ日そ多き

（19·4162）

译文：现身何所有，见此亦无常，世事关心处，忧多叹息长。（19·4162）

赏析：家持的这组歌作是以忆良的《哀世间难住》为基础而作的。长歌中，所谓"世间无常"，是指从开天辟地之时人们开始传诵。仰望天空，月有圆缺，春天花开，秋天霜降，黄叶飘零。"世间无常"是天意，所以月圆月亏、草木枯荣等自然物象也是无常。现世也一直在变化，如风吹杳无影踪，如水逝永不停留，红颜易逝，黑发染霜。观此无常，不禁热泪盈眶。

反歌 4161 树木纵不语，春来亦花开，秋来红叶落，一切皆无常。4162 则写万事无常，思虑过多，只会徒增烦忧。

家持的"悲世无常歌"的特征是从自然的变化和人世无常两方面来讴歌现世。在自然界，月有盈亏、有春花、有落叶。伴随季节和时间的推移，自然也会随之变化。人世间亦是如此，生老病死，人世无常。

《万叶集》中也随处可见"世间""世间无常"等歌语。可见在奈良朝文人之间，佛教的认知已经深入人心。忆良侧重于描述人在八苦的"世间"中"难住"的悲哀，而家持则擅长通过自然的变化歌唱现世无常。

💡 思考题

1. 什么是言灵信仰？

2. 简述万叶时代人们的灵魂观。

参考文献

青木和夫．新日本古典文学大系．万葉集 ［M］．東京：岩波書店，1989．

阿蘇瑞枝．万葉集全歌講義 ［M］．東京：笠間書院，2015．

伊藤博．万葉集釈注 ［M］．東京：集英社，1995．

稲岡耕二．万葉集全注 ［M］．東京：有斐閣，1983．

稲岡耕二．和歌文学大系．万葉集 ［M］．東京：明治書院，2015．

澤瀉久孝．万葉集注釈 ［M］．東京：中央公論新社，2001．

窪田空穂．万葉集評釈 ［M］．東京：角川書店，1967．

小島憲之．上代日本文学と中国文学 ［M］．東京：塙書房，1964．

杨烈译．万叶集 ［M］．长沙：湖南人民出版社，1984．

赵乐甡译．万叶集 ［M］．南京：译林出版社，2002．